DREAMBOOKS

ORIENTAL FANTASY STORY & ADVENTURE

마검왕 18

dream books
드림북스

마검왕 18 시간의 굴레

초판 1쇄 인쇄 / 2014년 11월 25일
초판 1쇄 발행 / 2014년 12월 2일

지은이 / 나민채

발행인 / 오영배
책임편집 / 편집부
펴낸 곳 / (주)삼양출판사 · 드림북스

주소 / 서울특별시 강북구 솔샘로67길 92
대표 전화 / 02-980-2112 팩스 / 02-983-0660
편집부 전화 / 02-980-2116 팩스 / 02-983-8201
블로그 / blog.naver.com/dreambookss

등록번호 / 제9-00046호
등록일자 / 1999년 3월 11일

ⓒ 나민채, 2014

값 8,000원

ISBN 979-11-313-0118-0 (04810) / 978-89-542-3036-0 (세트)

* 지은이와 협의하에 인지는 생략합니다.
* 잘못된 책은 구입한 곳에서 바꾸어 드립니다.

이 도서의 국립중앙도서관 출판시도서목록(CIP)은 서지정보유통지원시스템홈페이지
(http://seoji.nl.go.kr)와 국가자료공동목록시스템(http://www.nl.go.kr/kolisnet)에서
이용하실 수 있습니다. (CIP제어번호: 2014033910)

魔劍王

마검왕

나민채 퓨전무협 장편소설

ORIENTAL FANTASY STORY & ADVENTURE

18

시간의 굴레

dream
books
드림북스

목차

제1장

모래시계

　황무지에는 운석들이 떨어진 듯한 거대한 구덩이가 움푹
움푹 패여 있었다. 보이는 것이라곤 죽어 버린 말들과 기병
들뿐, 피비린내와 사람이 죽을 때 풍기는 악취만이 가득했
다.

　허공에 검을 몇 번 그었을 뿐인데, 지상에 있던 기병대는
대다수가 죽거나 치명적인 부상을 입었다.

　과연 흑천마검과의 합일은 신에 필적한 힘을 부여한다.

　몸에 넘쳐흐르는 위대한 에너지에 어쩔 수 없는 카타르시
스를 느낀다.

　내게는 살라딘 나샤마의 병력을 소진시켜야 할 충분한 이

유와 복수라는 명분이 있었다. 그러나 너무도 간단하게 허물어져 버리는 인간 군상의 모습은 그리 유쾌한 것만은 아니었다.

하지만 이슬람 제국 전체가 그동안 본교의 교도들을 짐승처럼 부린 대가를 치러야만 한다는 생각에는 변함이 없었다. 비록 엄지손가락으로 개미를 꾹꾹 눌러 죽이는 것 이상으로 손쉬운 일이 되었을지라도 말이다.

스윽!

공간의 틈이 벌어졌다.

성인 남성만한 길이와 폭으로 벌어진 그 틈 안으로 새로운 광경이 펼쳐졌다. 하늘 위에서 아래를 내려다보는 시점이다.

황무지를 가득 채운 채 높게 오른 창들이 파도처럼 일렁거리며 움직이고 있었다. 장엄할 정도로 진중한 행군이었다.

공간 안으로 들어선 그때, 신비한 일이 일어났다.

운집한 수만 명의 사람들에게서 개개인의 생각들이 들려오기 시작한 것이다.

"......!"

갑자기 밀어닥친 정보의 홍수에 나는 잠깐 아찔함을 느꼈다.

곧 그러한 현상을 겪은 이유를 알아차렸다.

"원기(元氣)!"

원기는 수련으로는 키울 수 없는 본디 타고나는 것이다.

그래서 이 땅의 사람들은 무술과 영능력을 수련할 때, 할라라는 구심점을 찾아내고 그것을 이용해 원기를 효율적으로 사용하는 방법을 택했다.

하지만 지금 내 몸 안에 느껴지는 원기의 양은 타고난 것을 초월에 초월을 한 상태였다. 흑천마검의 존엄(尊嚴)한 기운이 원기의 그릇을 키운 것이었다.

할라 수련법을 통해 원기를 빠르게 돌리지 않아도, 순전한 원기의 양만으로도 '세 번째 눈'이 각성되었던 것이다.

사람들의 의념들이 조그마한 틈 하나 없이 밀려 들어왔다.

개별로 쪼개져 들어오는 것이 아니라, 한데 뭉쳐서 거대한 에너지를 형성해서 들어온다. 하지만 내 정신의 크기는 그것들을 개별로 선별해서 받아들일 만큼 대단하지 않았다.

저 거대한 의념 덩어리를 쪼개서 받아들이는 것은 '신의 영역'이라고 느꼈다.

흑천마검이 내게로 종속되어 버린 지금 이 상태도 가히 신에 근접하는 상태라 할 수 있지만, 완전함과 불완전함 사이에는 분명한 차이가 있었다.

"이건 대체……."

비록 수만 개의 의념을 한 번에 받아들이지 못한다 할지라도, 지금 겪고 있는 이 현상만으로도 내게는 생각도 못 해본 신세계였다.

그러한 생각이 들던 그때.

또 다른 일도 할 수 있다는 걸 깨달았다.

눈을 감았다.

주위의 흐름 속에 정신을 던졌다.

과거가 스쳐 지나간다.

내가 태어났던 순간, 학창 시절, 그리고 지금까지. 너무도 오래되어 잊어버렸던 순간순간들이 생생히 살아서 펼쳐졌다.

그리고 미래로 넘어갔다.

아직 오지 않은 미래를 알게 된다는 것은 삶의 진취적인 힘을 잃게 만들지도 모를 독배(毒杯)를 마시는 행위와 같다는 것을 알고 있었다. 하지만 어쩔 수 없는 호기심이 더 컸다.

살라딘 나샤마가 내 손에 죽었다. 나는 바그다드로 공간을 뛰어넘어서 궁전을 파괴했다.

예니체리로 일컬어지는 칼리프의 정예병들까지도 모조리 섬멸하고 칼리프에게 다가갔다. 칼리프는 음험한 독사를 연상시키는 외모를 가진 늙은 황제의 얼굴을 하고 있었다.

그를 죽이려 검을 치켜들었는데.

그다음은⋯⋯.

"젠장."

과거지만 미래. 미래지만 과거인 영상들이 머릿속에서 뒤엉켰다.

몇 번을 되짚어 봐도 혼란만을 가중시켰다. 앞과 뒤를 잃어버린 시간 속에서 헤맬까, 나는 시공간을 보던 눈을 닫아버렸다.

"위! 위!"

밑에서 나를 발견한 병사가 하늘을 가리키며 소리쳤다.

"위, 위대하신 예⋯⋯ 예언자? 천사처럼 하늘을 날고 있어."

"아니. 악마다. 저건 악마야! 동방에서 온 악마가 나타났다! 붉은 사막의 왕이 나타났다."

"현혹되지 마라! 우리에게 신의 축복이 내려 있음이야!"

혼란은 바이러스처럼 빠르게 주위로 전염되어 대군 전체로 퍼졌다.

병사들은 내게 화살도 쏘지 못했다. 할라를 깊게 수련한 이들도 할 수 있는 게 없었다. 그들이 어찌하기에는 나는 높은 하늘 위에 있었다.

아마도 흑천마검이었다면 황무지로 내려가 저것들을 직접

베면서 손맛을 느끼고자 했을 것이다.

하지만 내게는 그런 악(惡)취미가 없다.

선봉대에게 그러했던 것처럼 검을 죽죽 그어 내렸다.

콰아아아앙!

스윽.

공간을 가르며 나왔다.

직전에 시공간 너머로 봤던 광경들이 고스란히 내 앞에 펼쳐졌다.

곱상하게 생긴 소년들 그리고 훌륭한 육체미를 지닌 건장한 청년들. 그렇게 다양한 매력을 지닌 남성들이 상의를 탈의한 채 두 여인에게 부채질을 하고 있었다.

두 여인이 비스듬히 누워 구경하고 있는 것은 미소년 둘의 행위였다. 두 미소년은 얇은 양탄자 위에서 서로를 껴안으며 키스를 하고 있었다.

"그만. 이제 둘 다 벗고 이리로 오거라. 우리를 즐겁게 해 줘야지."

나샤마의 입에서 어린 목소리가 흘러나왔고 자하라가 손을 까닥거렸다.

둘은 아직도 그네들의 등 뒤에서 지켜보고 있다는 것을 몰랐다. 나를 발견한 건 동성애적 행위를 하던 두 미소년이었다.

둘이 놀란 눈을 부릅뜨자, 나샤마와 자하라가 동시에 내 쪽으로 몸을 돌렸다.

그 순간, 내 몸에서 뻗쳐 나간 붉은 기운이 천장을 한 바퀴 휘감고 돌아왔다. 목을 잃은 코카서스 인들이 떨어져 내렸다. 천장에 은신하고 있었던 나샤마의 암살단이었다.

"당신!"

자하라가 외쳤다.

살라딘 나샤마는 외관만으로는 10세 정도로밖에 보이지 않았다. 키가 작고 왜소했으며 얼굴은 검은 베일로 가리고 있었다.

직전에 시공간을 통해 베일 속의 얼굴을 봤던 나는, 저 검은 베일 안에 흉측한 얼굴이 감춰져 있다는 것을 알고 있었다.

"자하라! 나를 속일 수 있을 거라 생각했겠지?"

나샤마가 자하라에게 소리쳤다.

"여긴 당신에게 위험해요!"

자하라가 그렇게 외치며 원기를 움직였다.

탁상 위에 놓여있던 과도 세 개가 나샤마의 등을 향해 날아갔다.

"내가 무엇을 준비해 뒀는지 정말 몰라서 그래? 모를 리가 없잖아!"

나샤마는 원숭이처럼 풀쩍 뛰어 천장에 거꾸로 달라붙었다.

녹색 운무(雲霧)가 나샤마의 몸 주위로 자욱하게 퍼져 나왔다. 운무는 마치 살아 있는 생물처럼 꿈틀거리면서 움직였다. 그리고는 눈 깜짝할 사이에 한 형상을 갖추었다.

얼굴도 있고 팔도 있고 다리도 있는 인간의 모습으로 말이다.

그러는 동안 방 안에 있던 남성들은 모두 죽어버렸다.

녹색 운무의 눈동자에서 뻘건 빛이 일렁거렸다. 대단한 기운이 거기에 집약되어 있는 걸 느꼈다.

실제로 자하라는 본인도 인지하지 못한 채 몸을 떨고 있었다.

"넌 붉은 사막의 왕이냐?"

"넌 붉은 사막의 왕이냐?"

동시에 두 개의 목소리가 들렸다. 하나는 나샤마의 어린 음성이고, 다른 하나는 녹색 운무 안에서부터 퍼져 나오는 기이한 음성이었다.

자하라가 쏜살같이 날아와 내 옆에 섰다. 그녀가 내 팔을 잡아끌며 다급하게 말했다.

"빨리! 우리는 나샤마와 마신을 동시에 상대할 수 없어요."

자하라가 낼 수 있는 모든 힘을 다해 나를 끌어당겼다. 그러나 내가 움직일 리가 없었다.

나를 바라보는 자하라의 눈빛이 갑자기 달라졌다.

"당신 설마……."

내게서 달라진 뭔가를 느낀 것이다.

그때 나는 세 번째 눈으로 자하라를 바라보았다.

그녀가 두려워하는 칼리프를 배반하면서까지 나를 돕는 저의가 무엇인지, 이전부터 궁금했었다.

그녀의 지난 기억들이 빠르게 뇌리를 스쳐 지나갔다.

음성 안에 깃든 기억이 아니다. 그녀의 무의식 속에 자리한, 그녀조차도 잊고 있던 기억과 생각 전부 다.

"안 돼."

자하라가 의식을 닫으려 시도하는 게 느껴졌다. 그것도 잠깐, 자하라는 안마당이 펼쳐진 창밖으로 몸을 던졌다. 나를 막을 수 없다는 것을 알아차린 게 분명했다.

나는 그녀가 가게 내버려 두었다. 찰나의 순간이었어도 그녀의 저의를 알기에는 충분한 시간이었기 때문이었다.

"말……. 말도 안 돼……. 어떻게……."

"말……. 말도 안 돼……. 어떻게……."

나샤마와 녹색 운무가 말했다.

자하라가 그러했던 것처럼 나샤마 또한 내 안에 깃든 힘을 알아차렸다. 그 증거로 모두를 죽일 거라 기고만장(氣高萬丈)하던 나샤마가 천장을 뚫고 달아났다.

이제 내 앞에 남은 것은 녹색 운무, 나샤마의 마신뿐이다.

재미있게도 마신이 나를 두려워하고 있다는 게 느껴졌다.

"네놈은? 도망치겠느냐. 아니면 영물(靈物)의 존엄을 지키겠느냐?"

마신은 형체를 갖췄을 때처럼 무척이나 빠르게 녹색 안개로 흩트려졌다. 그리고는 창과 구멍 뚫린 천장으로 새어나가기 시작했다. 마신 또한 도망치기로 결정한 것이다.

가볍게 팔을 저었다.

밖으로 새어 나가고 있던 녹색 안개가 다시 방 안으로 빨려 들어왔다.

손목을 동그랗게 한번 돌렸다.

손목의 움직임을 따라 손끝이 허공에 그렸던 원 안으로 녹색 운무가 집약되었다. 그것은 마치 단단한 녹색 공을 연상시키는 모습이다.

양손으로 움켜쥐었다. 그런 다음 양측에서 압박해 눌렀다.

꽈직!

"키이이악."

과연 인간의 것이라 할 수 없는 기이한 비명 소리가 사방으로 울려 퍼졌다. 합장(合掌)된 손바닥을 뗐을 때에는 아무것도 남아있는 게 없었다.

스윽.

검으로 공간을 갈랐다. 그 안으로 팔을 집어넣자 머리카락이 손아귀로 닿았다.

"놔!"

공간의 틈 안에서 나샤마의 앙칼진 목소리가 들려왔다. 나샤마의 머리칼을 잡아당겼다. 그것의 작은 몸이 이쪽으로 딸려왔다.

검은 베일이 어느새 벗겨져 있었다. 지독한 염산 테러를 당한 듯 완전히 짓뭉개진 그것의 얼굴이 드러났다.

나샤마는 변명을 하려했다. 나샤마의 생각이 먼저 들려와서 한 박자 빨리 알 수 있었다.

머리칼을 움켜쥐고 있던 손은 그대로 두고 다른 한 손으로 나샤마의 턱을 움켜잡았다. 그리고 힘을 담아서 얼굴을 꺾어 버리자 두둑, 하고 목뼈가 부러지는 소리가 났다.

여기에는 이제 더 이상 볼일이 없다. 바그다드로 직행한다.

스윽.

또다시 공간을 갈랐다.

건축물을 예술의 경지까지 끌어올린 바그다드 궁전.

비취와 호박을 박아 아라베스크 무늬를 섬세하게 새겨 넣은 흰 대리석으로 지은 그곳은 내가 이 땅에서 본 궁전들 중에 화려함과 규모 면에서 최상을 자랑하고 있었다.

뿐만 아니라 외부의 침입에도 완벽한 방어를 자랑할 견고한 3중 석벽이 원형으로 이루어진 바그다드 전체를 보호하고 있다.

원형 도시 바그다드는 아무리 적게 잡아도 그 지름이 1km를 훌쩍 넘어 보였다. 그 안에 궁전과 이슬람 전 제국의 제도와 군대 그리고 행정들을 관장하는 관청들이 자리하고 있다.

원형 석벽 바깥쪽으로 100만 명이 넘는 인구들이 밀집해 살고 있었으며, 더 바깥으로 비단길의 하이라이트라고 할 수 있을 대규모 교역 시장이 펼쳐져 있다.

지금 내 눈앞에 펼쳐진 광경은 황금기에 접어든 문명이 얼마큼이나 발전할 수 있는지를 단편적으로 보여주는 좋은 예였다.

다큐멘터리와 영화 혹은 인문 서적 등을 통해 알고 듣고 보았던 문명의 황금기였다.

하지만 나를 감탄시킨 것은 화려하고 웅장하게 세운 바그다드 궁전도, 밀집한 인구수도, 온갖 상인들이 개미떼처럼 바글바글대는 교역 시장도 아니었다.

궁전이 그렇게 화려해도 브로드웨이의 네온사인만 하지 못하며, 밀집된 인구가 그렇게 많아도 서울만 못하지 아니한가.

그러나 궁전과 관청들 그리고 사원이 있는 석벽 안 전체를 감싼 그 결계막은 어디에서도 본 적이 없거니와 들은 적조차 없다.

기이함으로 따지자면 본교의 진법(陣法) 또한 대단하다.

본교의 진법은 혹독한 사막 안에 사람이 거주할 수 있는 환경을 유지하고, 그 지역을 감추며, 들어가는 길조차 허락되지 않은 이에겐 미로처럼 펼쳐지게 만든다.

현대 세상에선 우주 밖 외계의 기술이라고 생각할 그런 기술이, 상대적으로 고전(古典)의 문명이라 할 수 있는 이 세계에 있다.

바그다드의 결계막도 마찬가지다.

필부(匹夫)는 느낄 수도 볼 수도 없을 테지만, 지금 내 눈에는 돔 형식으로 도시 전체를 보호하고 있는 저 결계막이 분명히 보인다.

그리고 무슨 능력이 깃들어 있는지조차도 느낄 수 있다.

허락되지 않은 외부의 기운은 돔 모양의 결계막을 뚫고 들어갈 수 없다. 신을 섬기지 않는 진, 혹은 악마라 일컬어지는 이 땅의 불순한 영물들을 막기 위해 만들어진 것 같은데, 결계막은 나도 그런 것으로 인식하고 있었다.

결계의 대단함은 거기에서 드러난다. 흑천마검이 종속된 또 다른 형태의 합일체인 지금의 내가, 그것을 깨트리기가 쉽지 않다는 것이다. 그건 본교의 진법도 할 수 없는 일이었다.

본교의 진법이라면 손 한 번 휘이 저어 파훼할 자신이 있지만…….

돔 중앙에 올라 거꾸로 움켜쥔 검을 내리박았다.

기운을 끌어 올리자 검신 전체가 부르르 떨리기 시작했다.

결계막은 결국 산산조각 날 수밖에 없을 것이다.

시간이 걸리겠지만.

관청에서 나온 이슬람 관리들이 나를 올려다보면서 손가락질한다.

그들 눈에는 웬 사람 하나가 허공에 가만히 떠 있는 것으로 보일 텐데, 나는 지금 결계막과 씨름을 하고 있는 중이었다.

흑천마검과 합일(合一)된 가공할 힘으로도 단번에 깨어지지 않는 결계막이라니.

이 결계막이 세워진 원리가 궁금해지고 있을 때, 결계막에 서서히 금이 가기 시작했다.

멀리선 군대가 움직이고 있었다.

바그다드 궁전 외곽에 위치한 병영에서 쏟아져 나오고 있는 그들은 예지를 통해 보았던 예니체리 부대였다.

그들에 대해선 들은 적이 있다.

발칸 반도에 사는 비이슬람 교도들, 전쟁고아 혹은 전공을 세운 튀르크인과 이집트인들을 모아 칼리프의 직속 친위부대로 만들었다 한다.

들었다시피 부대를 이룬 인종을 두고 보자면, 일반적인 아랍계 인종이 아닌 발칸 반도의 유럽계 백인종이 8할 정도로 많은 비율을 차지하고 있었다.

현대시대의 사관학교를 연상시키는 수준 높은 집중교육을 시켰다고 했다. 그런데 군사학뿐만이 아니라 할라까지도 수련시킨 모양이다. 내 밑으로 집결한 그들이 화살을 쏘기 시작하는데, 눈 깜짝할 사이에 허공을 가로질러 온 것만큼이나 거기에 담긴 괴력(怪力)이 실로 대단했다.

오천 명이 넘는 인원이 쏟아낸 화살들이 아래에서부터 미친 듯이 찔러 들어온다. 합일 전의 나였다면 아마도 꽁무니를 빼야 할 만큼 그 수가 많았지만 지금은 아니다.

한 손으론 결계막을 파고드는 검병에 공력을 쏟고, 다른 한 손으로 호신강기(護身剛氣)를 일으켰다.

내 강기에 부딪친 화살들은 몇 가닥으로 부러졌으며 그렇지 않은 것들은 나를 지나쳐 먼 하늘로 사라진다.

"흥!"

오천 명의 힘을 하나로 집약시킬 수 있는 방법이 있다면 모를까.

결계막이 부서지기 전에 도망치는 것이 상책일 것이다.

이윽고 검신이 결계막을 완전히 뚫고 들어갔다. 그러면서 나도 미끄러지듯 결계막 안쪽으로 들어갈 수 있었다.

나는 하늘에 유유히 떠서, 끊임없이 화살을 쏘아대는 예니체리 부대를 내려다보았다. 개개인이 강인한 정예 병사일 뿐만 아니라 할라를 높게 수련한 고수들이다.

그들을 보고 있노라니 본교의 혈마군이 생각났다.

붉은 귀갑(鬼鉀)으로 무장한 그들이 중원 남쪽으로 패주하였다는 소식을 들었을 때는 도무지 믿기지가 않았다. 본교의 혈마군이야말로 이 세상에서 가장 강한 군대라 믿어 의심치 않았기 때문이다.

지금의 나와 같은 신적인 존재와 마주쳤던 것일까. 은거 기인인 삼황(三皇)이 그토록 강하였던 것일까. 지금으로선 알 수가 없다.

새삼스레 느끼지만 이 세상은 참으로 기이한 세상이다.

흑천마검이라는 반신(半神)의 힘이 작용하고 있다지만, 상황만 보자면 일인(一人)의 힘이 극도로 훈련된 군대를 압도하고 있지 아니한가.

저쪽 세상에서는 히어로 영화에서도 나오지 않는 일이다. 너무나 황당무계하다 생각한 것이겠지.

물론 이쪽 세상에는 한 번에 수백만 명을 섬멸하거나, 지구 전체를 폭파시킬 핵 같은 화력이 존재하지 않는다.

그러나 이대로 천 년의 시간이 흐른다면 어떨까. 중원의 내공심법과 이슬람 제국의 할라 수련법을 과학적인 연구를 통해 무기로 발전시킨다면 어떨까. 여기는 기이한 세상이다.

문득, 내게 향하고 있는 수천 명의 시선이 느껴졌다.

"하하하……. 크큭."

수천 명의 고수들을 앞에 두고서도 부질없는 망상을 하고 있을 정도로, 나는 아무런 위협을 느끼지 못하고 있었던 것이다.

쓸데없는 생각을 머릿속에서 지우며 지상으로 내려섰다.

예니체리들이 활을 버리고 창과 검 혹은 도끼를 들었다. 그러면서 나를 에워쌌다.

도시 전체가 시끄럽다.

"너희들은 칼리프가 아끼는 병사고……."

내 말을 알아듣는 이는 없었다. 설사 알아들었다 한들 감히 대꾸할 이 또한 없었을 것이다.

"그리고 여기는……."

천천히 주위를 둘러보며 말했다.

석벽으로 둘러싸인 반경 1km 정도의 원형 안에는 민간인을 위한 구조물이 없다.

보이는 모든 구조물 전부가 이슬람 제국 전체를 통치하기 위한 관청이고, 병영이다. 이곳에서 사회구조를 이루는 체계가 완성된다.

"너희 제국의 중심이지. 하지만 이제는 자하남(Jahannam:지옥)의 중심이 될 것이다. 칼리프를 따르고 있던 자들의 시신이 궁전 앞마당에 샨처럼 쌓일 테니까."

한 마디 한 마디 할 때마다, 전신으로 피어오르는 붉은 기운들이 불길처럼 일렁거렸다.

"그리 보지만 말고 덤벼라! 너희들의 죽음이 칼리프에게 절망을 안겨줄 것이다. 그리하여 어떤 존재를 화나게 만들었는지 알게 될 것이다."

예니체리들은 지금의 내가 어떤 존재인지를 느끼고 있었다. 바짝 굳은 얼굴에 공포가 서렸고, 그래서 있는 힘껏 쥐어진 무기가 부르르 떨리고 있다.

어떤 대장도 섣불리 돌격 명령을 외치지 못해 경계 태세만을 유지하고 있던 그때, 내가 먼저 그들에게로 뛰어들었다.

아니, 날아들었다. 나는 한 마리의 비조(飛鳥)가 되었다.

민간인이 없다. 민간인은 모두 석벽 바깥쪽에 살고 있고, 석벽 안의 시가지로는 절대 들어올 수가 없다. 그래서 관리들과 병사들뿐이라 행동에 제약이 있을 수가 없었다.

콰아앙!

내 주먹이 한 번 스치고 지나간 건물 전체가 와르르 무너졌다.

먼지와 함께 사방으로 흩날리는 건축물 잔재들 뚫으며 전방의 분대를 향해 검을 그었다. 기술 따윈 필요 없다. 단순히 그은 검에서 뻗어 나간 검기들은 원초적인 폭력의 형태였다. 압도할 힘으로 짓누르고 부서트린다.

예니체리들은 검기를 본 적이 없다. 그래도 가공할 힘이 담겨 있다는 것쯤은 느꼈는지, 원숭이처럼 사방으로 날뛰었다.

그들이 피한 자리로 검기가 부딪치자 폭발이 일었다.

폭발이 가진 화력은 예니체리들이 도망치는 속도보다 우위에 있었다. 모든 것을 산화(酸化)시킬 화염 덩어리가 순식간에 예니체리들의 등을 덮쳤다. 거기에서 지옥의 절규가 터져 나왔다.

제일 앞서있던 분대가 허무하게 죽어버리는 모습에 기가 꺾일 만하지만, 과연 이슬람 제국이 자랑하는 군대다웠다. 수십 개의 열로 도열해 있던 분대들은 자리를 이탈하지 않고 오히려 내 쪽으로 성큼성큼 거리를 좁혀 오기 시작했다.

쿵쿵!

힘찬 그들의 발걸음 소리가 크게 울린다.

선두에 과거 로마의 사각 방패를 연상시키는 거대한 방패를 든 이들이 섰고, 뒤에는 도끼와 창을 든 자들이 나를 노려보며 공포와 싸우고 있었다. 어떤 적을 상대하든 절대 물러서지 않겠다는 집념과 고집스럽게도 보이는 강인한 표정은 인정할 만했다. 그래서 부대의 중심에 기를 폭발시키려던 마음을 바꿨다.

내 손으로 직접 전사다운 죽음을 선사해 주겠다. 이 세상에 어울리는 방식으로.

"يأتي(온다)!"

예니체리 방패병들은 나를 돌격 전차쯤으로 생각했던 것인지, 방패를 땅에 박으며 직각으로 세웠다.

나는 그쪽을 훌쩍 뛰어올랐다. 그리고는 예니체리들의 어깨를 밟으며 부대의 중심을 향해 도약했다. 마지막에 이르러 하늘로 높게 치솟아 올랐다가 도림(刀林) 속으로 착륙했다.

세상이 느려졌다고 느낄 만큼 나는 이들보다 초월적인 빠

르기로 움직였다. 할라를 수련해서 이미 범인의 신체 능력을
초월한 이들이었어도 내게는 나무늘보보다도 느리게 보였
다.

이를테면 정면의 예니체리는 내 정수리를 향해 도끼를 위
에서 아래로 찍어 내리고 있고, 오른쪽 대각선에 선 자는 발
을 차올렸고, 왼쪽 대각선에 선자는 짧은 이슬람식 단검으
로 복부를 찌러 들어오고 있으며, 등 뒤의 세 명 또한 비교적
길이가 짧은 무기인 도끼와 단검으로 내 후면을 노리고 있
다.

내가 마검으로 그 여섯 명의 목을 하나씩 하나씩 모두 베
어버릴 때까지도 어떤 공격도 내 몸에 닿지 않았다.

하나씩 벤 것인데, 보이기로는 목 여섯 개가 한 번에 주인
들을 잃고 지면으로 떨어지는 식이다.

"오너라."

짧게 뇌까리며 앞쪽으로 파고들었다. 내게 도끼와 검을
휘두른 이들은 그 병기가 내 몸에 닿기도 전에 먼저 목이 베
어나갔다. 여기저기서 기울어져 가는 육신 위로 피가 분수처
럼 솟구쳤고, 지면 위로 강물처럼 흐르는 피 때문에 걸을 때
마다 찰박찰박거렸다.

이제 시작일 뿐이다.

칼리프에게 절망을.

내가 지나쳐온 길 위로 예니체리 부대원들의 시신들이 아무렇게나 널브러져 있다.

성인 남성 넷이 넓게 걸어도 될 만큼 넓은 도로였으나, 이제는 시신들 때문에 발 디딜 틈 하나 없다. 사람이 죽을 때 내는 악취(惡臭)와 피비린내가 아무렇게나 뒤엉킨 가운데, 버려진 병장기들이 어디에나 보였다.

이제 내 앞에는 예니체리가 없었다. 그렇다고 패퇴(敗退)한 것은 또 아니었다.

예니체리 부대는 칼리프의 직속 친위 부대답게 시가전에도 능숙하다. 칼리프는 특출난 일 외에는 항시 바그다드 궁전에 머물기 때문에, 놈을 지키기 위한 시가지 방어 훈련이 잘되어 있었던 것 같다. 그렇게 지형지물을 활용할 줄 알았다.

예컨대 3인 1조가 되어 지금 내 머리 위로 떨어져 내리는 녀석들만 봐도 그렇다.

예니체리들은 게릴라 전술과 흡사한 방식으로 전술을 바꿨다.

분대를 잘게 쪼개 익숙한 지형지물을 이용한다. 매복, 기습, 후퇴 등을 반복하면서 나를 어디론가로 유인하고 있었다. 마치 거대한 맘모스를 사냥하는 것처럼 말이다.

내가 살짝 자리를 옮기자, 그곳으로 예니체리 셋이 떨어져 내렸다.

이번 녀석들도 기습에 실패했다. 나를 찾기 위해 녀석들이 주위를 두리번거렸다.

나는 일부러 기척을 내면서 녀석들 앞에 모습을 드러냈다. 그러자 세 녀석은 결사대(決死隊)의 눈빛을 번쩍이면서 내게 몸을 던졌다.

그때 녀석들의 원기가 왕성하게 회전하고 있었고, 실제로 녀석들은 무림 고수 못지않은 민첩한 몸놀림과 함께 득달같이 달려들었다.

다만 3인 1조로 이루인 합격(合擊)방식이 무림과는 달랐다. 무림의 합격진은 조화를 통화 힘을 집중시키거나 분산시키는 방식이지만 예니체리는 아니었다.

한 명은 검의 역할, 한 명은 방패의 역할, 한 명은 발의 역할을 한다. 역할이 철저하게 분업 되어 있다. 그건 녀석들이 개발시킨 할라의 위치와도 관계가 있었다.

중완의 할라를 개발한 자는 검을 맡고, 단전의 할라를 개발한 자는 방패를 맡고, 사타구니 쪽의 할라를 수련한 자는 발을 맡고 있었다. 개발시킨 할라에 따라 얻는 능력이 달라지는 만큼 효율적인 방식이었다.

스윽. 스윽. 스윽.

짧게 세 번.

녀석들의 목을 그었다.

앞으로 고꾸라지는 녀석들을 지나치면서는 우측과 좌측으로 세워져 있는 관청 건물로 기운을 폭발시켰다. 폭발과 함께 돔 지붕이 무너지고 건축물 자재들이 사방으로 튀어댔다.

보이는 건물들을 모조리 파괴하면서 걸어 나갔다. 다시 복구할 생각조차 들지 않도록, 이 제국의 심장을 철저하게 짓밟을 생각으로 말이다.

예니체리 부대가 게릴라 전술로 나를 유인한 곳은 오각기둥으로 세워진 거대한 첨탑 앞이었다.

궁전에 있을 칼리프의 혈족들이 도망칠 수 있도록 시간을 끄는 게 아닐까 생각했다. 과연 내가 첨탑 앞에 나타나기 무섭게, 양측의 골목과 관청 지붕에서 예니체리들이 쏟아져 나왔다.

남은 예니체리 부대원 전부였다.

"별로 남지 않았군."

오천 명에 육박했던 예니체리들도 이제는 채 이천도 되지 않았다.

—모두가 그렇게 말하더군. 너희들의 칼리프가 세상의 모든 일을 전부 알고 있는 지혜를 가지고 있다고. 하지만 지금도 그렇게 믿는 건 아니겠지?

　나를 에워싼 예니체리들의 얼굴이 바짝 굳었다.

　—제국의 몰락을 가져온 장본인이 바로, 전지(全知)하다던 너희들의 칼리프다. 잘 봐두어라. 제국의 심장이 어떻게 되는지. 본교의 분노를 산 대가가 무엇인지. 칼리프가 어떻게 죽는지.

　마검을 수직으로 세워 들었다. 나조차도 믿어지지 않을 힘이 내 몸에 감돌고 있었다.

　그것이 혈도를 타고 어깨 위로 올라갔다. 손바닥 전체로 퍼졌다. 쥐어진 검병에서 검신 그리고 검봉(劍鋒:칼의 뾰족한 끝)으로 폭발력 있게 올라갔다. 이윽고 검봉에서 섬광(閃光)이 터졌다.

　눈부신 빛을 뚫으며 하늘 높게 치솟아 오르는 강대한 검기(劍氣)의 모습은 마치 거대한 적룡(赤龍) 한 마리가 승천하는 것 같았다.

　예니체리 부대원들은 적아(敵我)를 잃고 그 경이로운 광경을 따라 고개를 들었다.

　대(大) 검기가 구름을 뚫어 치솟아 올랐다가 시야에서 사라져 버렸다. 그것도 잠시 바그다드 궁전 돔 위 상공에서 모습을 드러냈다. 마치 벼락처럼, 하지만 몇 배나 굵고 커다란 빛 덩어리가 바그다드 궁전의 돔 중앙을 강타했다.

검기가 그것의 중심을 뚫고 지나가, 궁전을 정확히 반절로 쪼갰다. 궁전의 모든 창 안에서 빛무리가 번쩍인 그때, 궁전 전체가 폭발했다. 온 지면이 흔들렸다. 콰아아앙, 하는 엄청난 소리가 한 박자 늦게 들려왔다.

예니체리들은 직접 보고도 믿을 수 없는 광경에 눈만 깜박깜박거릴 뿐이었다.

타지마할을 연상시키는 칼리프의 궁전은 천년만년 영속(永續)할 것처럼 보였다. 그만큼 장엄하고 화려하였으며 그리고 거대했었다. 눈 깜짝할 사이에 잿더미로 변해버리라곤, 그 누구도 상상조차 해 보지 못했으리라.

궁전의 잔재들이 화산이 폭발했을 때처럼 사방으로 떨어져 내렸다.

보석이 박힌 타일 조각 하나가 한 예니체리의 정수리로 떨어졌다. 녀석은 제 머리를 때린 뒤 바닥으로 떨어진 타일 조각을 집어 들었다. 타일 조각과 폭삭 주저앉은 거대한 잿더미를 번갈아 보던 녀석이 갑자기 몸을 돌려 줄행랑치기 시작했다.

녀석이 시작이었다. 결사대였던 예니체리들이 할 수 있는 가장 빠른 속도로 달아난다. 전의와 신념 모두를 상실한 것이다. 더 이상 이들에게 전사의 예우는 필요 없어졌다.

마검을 들고 사방으로 그어댔다. 일직선, 대각선, 반달을 닮은 호선. 검이 허공에 그려대는 선의 형상대로 검기가 뻗어 나갔다. 검기에 닿는 모든 게 잘려나갔다.

건물도 패잔병도.

나를 중심으로 한 반경 수백 미터는 그야말로 폐허가 되었다. 어떤 건물도 오롯이 서 있지 않았다. 기울어지고 부서지고 주저앉았다. 검기에 베인 자들보다도 무너진 건물에 깔려 죽은 이들이 더 많은 것 같았다.

스윽.

뒤로 몸을 회전하며 기울어진 건물 옥상으로 검을 그었다. 아무것도 없던 자리에서 핏물이 터졌다. 몸통 혹은 잘라진 목 등이 푹 파인 노면에 처박혔다. 한 번 더 검을 긋자, 더 많은 수의 신체 일부가 황갈색 로브에 감싸여 떨어져 내렸다.

그제야 녀석들은 자신들의 은신술이 내게 소용없다는 걸 깨달은 것 같다.

칼리프 직속 암살단, 사라프.

그것이 옥상 위에 모습을 드러낸 자들의 정체였다.

황갈색 로브를 입어 얼굴을 가리고 허리에는 단검집을 찬 것이 이들의 전형적인 외관이다.

이들과는 한 번 마주한 적이 있었다. 일전에 와지르 라만이 대동하고 왔을 때였는데, 그때는 이들이 지적에 숨어 있었음에도 불구하고 알아차리지 못했었다.

—네놈에게는 궁전이 무너질 때 깔려 죽는 편이 더 나았을 거야.

정확히 예순두 명의 암살단원 중에 한 놈을 꼬집어 말했다.

그러면서 놈들과 눈높이가 맞는 허공으로 떠올랐다.

—하지만 그건 너무 편안한 죽음이었겠지. 이렇게 살아서 내 앞에 와주니 고맙군. 전지한 칼리프. 크크큭.

의념 하나가 의식의 문턱 앞에서 막히는 게 느껴졌다. 의식을 열어주자 의념이 전해왔다.

—그대는 매번 나를 놀래키는군.

사라프 암살단 속에 칼리프가 똑같은 복식으로 숨어 있다.

—그대는 합일체(合一體)인가?

칼리프가 암살단 속에서 후드를 뒤로 젖히며 제 얼굴을 드러냈다. 선지(先知)를 통해 봤었던 그 얼굴이었다. 음험한 독사를 연상시키는 늙은 황제.

—합일체이면서도 합일체가 아니군?

나에 대해 많이 조사하고 연구해 왔다더니, 사실인가 보다.

그렇다 해도 단번에 지금의 나를 꿰뚫어 보는 심안(心眼)은 상당히 놀라운 것이었다. 이런 점 때문에 세상의 모든 일을 다 아는 전지 능력을 가졌다는 소문이 돈 것일까 생각했다.

그렇다 해도 칼리프에 대한 소문은 너무나도 과장되었다. 소문대로 그가 신에 필적할 전지 능력을 지녔다면 바그다드가 이렇게 폐허로 변하는 일은 없을 것이다.

애초에 나와 흑천마검의 분노를 살 일 따위도 하지 않았을 것이다.

손을 한 번 휘저었다. 마치 미닫이문을 열 듯 가볍게 저은 팔 동작 한 번에, 퍼펙트 스톰(Perfect Storm: 둘 이상의 태풍이 충돌하여 겹쳐진 상태)과 같은 기풍이 밀려나갔다.

칼리프는 물론이고 살라프 암살단원 전부가 기풍에 휩쓸렸다. 거기에서 허공섭물의 수법으로 칼리프만 꺼내 내 앞으로 끌어당겼다.

수백 가지 방법으로 놈을 죽일 수 있다. 이를테면 풍압(風壓)으로만 놈을 짓눌러 죽일 수도 있고, 열화로 전신을 태워 버릴 수도 있다. 어떤 식으로 처형해야 이역만리에서 죽어 나간 교도들의 죽음을 갚아줄 수 있을지, 그것만 고민하면 되었다.

그래서 생각한 것이 절망 속의 죽음이었다. 그가 평생을 다해 쌓아 올린 모든 것을 무너뜨려 정신을 먼저 붕괴하고자 했다.

궁전을 폭파했고 바그다드를 폐허로 만들었다. 하지만 놈은 조금도 슬퍼하지 않고 있었다. 놈의 얼굴을 들여다보면 누구라도 알 수가 있다.

슬퍼하기는커녕, 마치 흥미로운 놀이감을 발견한 것처럼 늙은 눈에 생기가 감돌고 있기까지 하다.

죽음이 바로 코앞에 당도했음 모를 리가 없을 텐데도 말이다.

문득 놈의 입꼬리가 씨익 올라갔다.

―흑천마검이 그대에게 설명해주지 않았군. 그대들은 나를 죽일 수 없다.

―네놈이 아끼고 사랑하던 사람들은 이미 죽었겠지만?

바그다드 궁전을 다시 돌아본 놈은 전혀 개의치 않았다.

늙은 황제가 그게 어땠다는 거지?, 라는 표정으로 나를 쳐다보고 있었다.

이런 유형의 인간들이 있다.

자신을 너무 과신한 나머지, 자신 외에는 가치를 두지 않는 자.

자식을 잃었으면 다시 낳으면 되고, 부인을 잃었으면 더 젊고 아름다운 새 부인을 들이면 되고, 나라를 잃었으면 다시 세우면 된다. 아마도 그렇게 생각하겠지.

그래서 가장 가치 있는 것은 본인이고, 누구보다도 목숨에 집착하기 마련이다.

지금 내 앞에서 이렇게 태연할 수 있는 이유는 단 하나. 놈이 공언했던 대로 내가 죽일 수 없을 거라는 확신이 있기 때문!

그것이 궁금했다.

그런데 놈의 의식의 문이 열리지 않는다.

그건 자하라도 하지 못했던 일이었다.

하물며 늙은 황제가 지금의 나를 막아? 있을 수 없는 일이다.

몇 번을 시도해도 마찬가지였다.

마치 신이 만든 황금 방패로 의식의 문을 보호하고 있는 듯했다.

어쩔 수 없이 이대로 처형할 수밖에.

그렇게 생각하며 손아귀를 펼쳤다.

─잠깐! 죽기 전에 이것만은 알고 싶군. 그대는 정녕 합일체라 할 수 있는 것인가?

─곧 죽을 놈에게 들려줄 대답 따위 없다.

손아귀로 빨려 들어오는 풍압이 거세지면서 놈의 신형이 완전히 기울었다.

놈의 목을 막 움켜쥐려는 순간, 놈의 감춰진 소맷자락 안에서 어떤 움직임을 포착한 건 본능에 가까운 일이었다.

조금 더 자세히 말하자면 녀석의 의식으로 들어가기 위해 열어둔 세 번째 눈이 형용할 수 없는 한 기운을 포착했던 것이다.

타앗!

반사적으로 탄지(彈指)를 튕겼다. 탄지가 빠르게 날아가 놈의 소맷자락을 찢었다. 놈이 뭔가를 움켜쥐고 있었다.

그것은 성인 남성 주먹만 한 크기의 모래시계였다.

탄지가 소매를 찢을 때 모래시계 귀퉁이를 스치고 지나간 것인지, 거기에서 흘러나온 모래가루 몇 알이 바람에 실려와 내 뺨에 먼저 닿았다.

"안 돼에에에에!"

놈이 온 얼굴을 일그러트리며 소리를 질렀다.

제2장

그때 그곳

눈을 떴을 때.

그 찰나의 순간에 나는 사막 위에 있었다.

칼리프가 지르던 비명에 가까운 그 소리가 아직도 귀에
어른거리고 있지만, 칼리프는 어디에도 없거니와 보이는
것이라곤 지평선까지 채워진 모래들뿐이다.

어디론가 강제 이동되어져 버린 게 아닐까 생각했다.

그러던 문득, 손목까지 내려온 소매 옷단이 시선에 걸
렸다.

눈살을 찌푸리며 양팔을 들었다. 넓은 소매가 팔꿈치까
지 주르륵 흘러내렸다. 고개를 내려트리자, 과연 청색으로 물들인 비단 장포가 시선 안으로 들어왔다.

어째서인지 나는 중원식 의복을 걸치고 있었다. 뿐만 아니라 이 청색 장포는 무트타르와의 대결 직전까지 입었었던 그 의복 같다.

"설마⋯⋯."

장포 끝자락을 끌어당겼다. 거기에는 항주청가 자운(抗州靑家 慈澐)이라는 글자가 금실로 새겨져 있었다.

"틀림없어. 어떻게?"

이 의복은 의심할 여지없이 청자운의 의복이다.

무트타르와의 대결 도중 완전히 넝마가 되어 버렸던 비단 장포.

비록 청자운에게 처음 취하게 되었을 때보다는 많이 헤져있지만, 이미 수개월 전에 버렸던 그 옷이 아직 온전한 채로 내 몸에 걸쳐져 있던 것이다.

뿐만 아니라, 어깨를 누르는 무게감을 느끼고 그것을 풀러 바닥에 내려놓았다.

"⋯⋯."

군용 백팩과 기다란 물체를 감싼 검은 천.

생각보다 손이 먼저 나갔다. 그것들을 빠르게 풀었다.

검은 천 안에는 역시 흑천마검이 있었고, 군용 백팩 안에는 소독약, 바늘, 봉합 실, 붕대, 상비약 같은 간단한 의

료품과 전투 식량 그리고 물을 담은 조그마한 페트병 등이 들어 있었다.

불과 몇 분 전까지만 해도 몸 안에서 넘쳐흐르던 광대한 에너지는 더 이상 없었다. 내 몸에 종속되어 있던 흑천 마검은 마검 안으로 돌아가 있었다.

그때까지만 해도 나는 설마설마하였다. 하지만 이윽고 맡아지는 피 냄새와 비명 소리에 확신할 수밖에 없었다.

탓!

비명 소리가 들리는 쪽으로 몸을 날렸다.

낙타를 탄 사막의 약탈자들이 시미타를 위협적으로 휘두르면서 날뛰고 있다. 모래 먼지 안으로 약탈자들이 에워싼 사람들이 보였다.

"나……. 디아……."

거기에 그녀가 있었다. 그녀는 처음 보았던 그때처럼, 카라반 상인인 아버지를 꼭 껴안으며 비명을 지르고 있는 중이었다.

그러한 광경에 이제 더 이상은 부정할 수 없게 되었다.

"……. 시간 이동?"

*　　　*　　　*

따지자면 수개월 전 키리쿰 남쪽 사막 위, 서역으로 처음 넘어왔던 그때 그곳이었다.

사막 약탈자들이 나디아와 카라반 상단 일행을 위협하면서 주위를 뱅뱅 돌고 있는 광경을 바라보고 있을 때 옆으로 기척이 느껴졌다. 고개를 옆으로 돌리자, 피곤한 기색이 역력한 흑천마검의 얼굴이 보였다.

녀석이 긴 손톱으로 제 미간을 꾹꾹 찌르며 신경질적인 표정으로 나를 쳐다보고 있었다.

"결국 또 원점인가."

녀석이 중얼거렸다.

"여기는 과거가 맞지?"

녀석의 얼굴 위로 순간적으로 이것 봐라?, 라는 식의 놀란 감정이 떠올랐다.

"인식한 것이냐? 무슨 일이 있었던 거지?"

녀석이 나를 위아래로 훑어보면서 입을 열었다.

이렇게 신중한 녀석을 이번에 처음 보았다. 패잔병처럼 상처 입은 모습 또한 그렇듯이.

"설명은 네 녀석이 해야 하지 않나? 대체 이게 어떻게 된 거지? 왜 우리가 과거로 돌아왔지?"

그렇게 물었지만 나는 칼리프의 모래시계가 이 사건과 연관이 있으리라 확신하고 있었다.

"이번에 이 몸은 네놈을 도와주기 위해, 의지를 지우고 의식을 막아 두었다."

"그러니까 네 녀석은 기억이 나지 않는다?"

녀석은 불쾌한 눈빛으로 나를 다시 쳐다보는 것으로 대답을 대신했다.

"그놈도 그렇고 네 녀석도 그렇고. '이번에'라는 표현을 많이 쓰는군. 그놈이 그렇게 말했을 때는 대수롭지 않게 넘겼었지. 그런데 이제 보니, 어떻게 돌아가는 상황인지 알 만하군."

나는 인식하지 못하고 있었지만, 분명히 시간이 수없이 되풀이되고 있었던 것 같다.

뫼비우스의 띠와 같이 돌고 있던 시간 속에 나는 어떻게 되었던 것일까. 똥을 씹은 듯한 기분이 바로 이런 기분일 것이다.

"이번이 몇 번째지?"

내가 물었다. 그러나 바그다드가 있는 서쪽 방향만을 바라보고 있는 흑천마검에게선 대답이 없었다.

이 몸이 하찮은 인간 따위에게 농락을 당하고 있다니.

다만, 녀석의 화난 옆모습이 그렇게 말하고 있었다.

흑천마검과 할 이야기가 많았다. 하지만 그보다 먼저 나디아 일행을 에워싼 사막 약탈자들의 행태가 심상치 않았다.

다른 약탈자들과는 달리 낙타에 타지 않은 채 상의를
탈의한 놈.

약탈자들의 대장인 그놈이 휘파람을 불자 약탈자들은
낙타를 멈추고 그들의 대장을 주목했다.

약탈자 대장이 사방에 쓰러져 있던 시신들 중에 하나를
향해 걸어갔다. 그리고는 시신의 복부에 박혀 있던 양날
검을 빼 들어 카라반 상인에게 성큼성큼 다가갔다.

기억 대로였다.

이제 나디아는 놈에게 아비를 살려 달라 애원할 것이
고, 그런 나디아가 귀찮아진 놈은 나디아를 죽이려 허리
띠에 달려 있던 단검을 쏘아 보낼 것이다.

역시나 나디아는 그때처럼 약탈자의 발밑으로 기어가기
시작했다.

그쯤에서 탄지를 튕겼다.

조그맣게 집약된 공력이 일직선으로 빠르게 뻗으며 날
아갔다.

"악!"

약탈자가 뒤로 튕기듯 나가떨어졌다. 모래밭 위로 쓰러
진 그의 이마에는 새끼손톱만 한 크기의 구멍이 깊게 뚫
어져 있었다.

놈을 시작으로, 나는 연속해서 탄지를 쏘아 보냈다.

"악!"

"으아악!"

한 번에 대여섯 명씩.

낙타 위에서 떨어지기 시작했다.

한 약탈자는 옆에서 눈가로 튀긴 핏물을 손바닥으로 쓸어내리며 죽은 동료들을 내려다보았다.

갑자기 동료들이 영문도 모르게 죽어 나가니, 놈이 겁을 먹는 것은 당연한 일이었다. 놈은 낙타를 돌려 달아나려 했다.

하지만 단 한 명도 살려 보내고 싶은 마음이 없었다.

개중에는 내가 공격자임을 알아차리고 모래 언덕으로 올라오던 녀석도 있었으나, 손가락을 몇 번 더 튕기고 나자 더 이상 살아 움직이는 자가 없었다.

사방이 조용해졌다.

신음 소리 하나 없이 말이다.

숨죽인 채 모여 있던 나디아와 그녀의 아버지, 그리고 호위 전사 둘이 조심스레 몸을 일으켰다.

나디아가 일행들에게 이쪽을 가리켰다.

그녀와 카라반 상인은 내게로 향하기 시작하고, 호위 전사 둘은 죽은 약탈자들을 하나하나 확인하면서 고개를 설레설레 젓는다.

이제 잠시 뒤면 사막 약탈자들의 후발대(後發隊)가 올 것이다. 아마도 나를 끝까지 속이고 도망치는 데 성공했던 양소, 그놈이 이끄는 도적단일 것이다.

아니나 다를까.

몸을 살짝 솟구치자 능선을 향해 달려오는 무리가 보였다. 창공을 위에서는 사막 독수리가 빽빽 울면서, 선발대의 위급함을 알리고 있었다.

이전 기억을 되짚어 보자면.

놈들은 모래폭풍을 연상시킬 만큼 모래먼지를 일으키면서 나타났었고, 나디아와 상단 일행은 나를 재촉해서 낙타에 태워 도망쳤었다. 그렇게 나는 상단 일행과 오아시스 도시인 메르브까지 동행했었다.

메르브로 향하는 도중에 양소가 이끄는 도적단의 추격이 집요해서, 나는 도적들을 해치우고 양소를 잡아오기도 했었다. 그가 중원인이라는 이유로 살려 두었었다.

그리고 메르브에 도착해서는 자하라와 처음으로 만났었다.

"수없이 이계(異界)를 넘나들었지만. 시간 이동이라니……."

이전의 기억들이 주마등처럼 스쳐 지나가면서, 쓴 입맛

이 느껴졌다.

후발대 쪽으로 몸을 날렸다.

도적단 후발대는 오백여 명이 넘는 인원으로 구성되어 있었다. 엄밀히 말하자면 도적단이 아니라 자하라의 병사들이지만.

기억에 따르면, 나디아 일행과 메르브까지 가는 도중이 추격대들과 몇 차례 부딪쳤었다.

그때는 이것들이 분대 규모로 조직을 나눈 후였는데, 아직 나눠지기 전인 지금은 규모가 상당하다 할 수 있었다.

온몸에 피를 뚝뚝 흘리며 한 놈 앞에 우뚝 섰다.

죽은 체하고 있던 놈의 배를 툭툭 찼다. 놈이 상체를 벌떡 일으키며 큰 목소리로 외쳤다.

"살려 주시오! 살려 주시오!"

양소. 네놈을 이렇게 다시 보게 될 줄이야.

"대인의 무공에 탄복! 탄복했소이다! 대인이 아니었으면 이 오랑캐들에게 평생을 개처럼 질질 끌려다녔을 거요. 동향 고수의 도움을 받을 줄이야 꿈에도 생각 못 했소."

양소가 이전과 토시 하나 다르지 않게 말했다. 그러면

서 놈은 주위에 가득한 시신 수백 구들을 흘깃흘깃 쳐다보는 것이었다.

물론 내 눈치를 살피는 것도 잊지 않았던 것 같다. 내가 심상치 않다는 것을 느꼈는지, 놈은 자리에서 일어나는 대로 옆에 있던 시신들을 걷어차기 시작했다.

"이 죽일 놈들! 언제까지 나를 가지고 놀 줄 알았나 보지? 꼴좋다!"

놈은 내게 보란 듯이 발길질에 더 힘을 실었다.

"삼 년 넘게 이것들에게 끌려 다녔던 것을 생각하면 분이 풀리지 않소!"

"양소."

놈의 이름을 짧게 불렀다.

씩씩거리며 시신을 걷어차던 놈이 놀란 얼굴로 나를 돌아보았다.

"나……. 나를 아시오? 지, 지금 양소…… 라 나를 그리 부리지 않았소?"

"나를 기만한 대가를 이런 식으로 받게 될 줄이야…… 이런 건 이 나도 생각조차 못 해 본 일이지."

수도(手刀)를 내리쳤다. 놀란 표정 그대로의 얼굴이 절단면을 비스듬히 타고 내려와 지상으로 뚝 떨어졌다.

이제 나디아와 카라반 상단에게서 신경을 꺼도 좋다.

카라반 상단은 이제 이전과 다르게 그들의 짐을 찾아 메르브 시장에 내다 팔 수 있게 되었다. 나디아 또한 나와 떠돌지 않고 그녀의 아버지와 지금처럼 행복하게 살아 나갈 수도 있을 테니 말이다.

내가 후발대 전원을 제거하는 동안, 흑천마검은 능선에 서서 지켜보고 있었다. 녀석이 내 앞으로 훌쩍 뛰어내렸다.

"네놈답지 않게 전부를 몰살하다니. 지금까지의 일을 인지하고 있는 거로군. 확실히 분노하고 있어."

녀석이 말했다.

"이제 설명할 기분이 드나? 내게 설명해야 할 게 꽤 많을 텐데."

"이 몸이 먼저 들어야겠어. 그 늙은 인간의 물건에 손을 댄 것인가?"

"모래시계를 말하는 것이겠지?"

흑천마검은 진중한 눈빛으로 대답으로 재촉했다.

"어떻게 불리든, 어떻게 생겼든. 분명히 그건 섭리(攝理)를 담은 그릇이다. 하찮은 인간 따위에게 어떻게 들어갔는지는 몰라도……. 대답해. 손을 댄 것이냐?"

"모래 알맹이 몇 개가 얼굴로 튀었었지."

"그렇군. 이 몸이 의지를 지운 이후부터, 자세히 들어야겠어."

흑천마검의 반응으로 보건대, 아마도 그런 일이 없었더라면 나는 아무것도 인지하지 못한 채 이 시간에 떨어졌을 것이다. 그럼 지금쯤이면 나디아와 함께 낙타를 타고, 카라반 일행들과 함께 메르브로 향하고 있을 거다.

"그전에 하나 묻지. 정말로 나는 시간을 거슬러 온 건가?"

뚫어져라 흑천마검의 입술을 바라보았다. 흑천마검의 입술이 움직였다.

그.

렇.

다.

다시금 흑천마검을 통해 확인한 사실에 두 주먹이 불끈 쥐어졌다.

아!

시간을 거슬러 왔다는 것은.

"흑웅혈마도…… 교도들도…… 살아있다!"

가슴 끝자락부터 피어오르는 흥분을 느꼈다.

시간을 거슬러 왔다. 그 말인즉, 내가 했던 실수들을 만회할 수 있는 기회를 얻었음을 뜻했다.

나디아, 자하라, 무트타르로 이어지는 인연의 고리 속에서 나는 상당히 많은 시간을 허비했다. 그 결과 흑웅혈마와 거마들이 바그다드에서 죽었다. 십만 교도들은 수에즈 운하로 끌려갔다.

이제는 달라질 수 있다.

"네놈 차례다. 애송이."

그렇게 말하는 흑천마검을 바라봤다. 녀석은 나와는 달랐다.

조금도 기뻐하는 기색이 없었다. 화가 잔뜩 나 있는 상태로, 녀석의 분노가 향하는 대상은 당연히 바그다드의 칼리프였다.

"진심이냐?"

다시 확인하고 싶었다. 녀석은 의지를 지우고 의식을 막아두었기 때문에 합일 이후의 기억이 없다고 했다.

지금 녀석의 반응으로 보건대, 기억이 없다는 그 말을 믿어야 하는 게 맞지만 도통 믿음이 가지 않는다.

기억이 없을 정도로 의식을 막았다? 제힘을 모두 내게 넘기고 자신은 스스로 봉인해 버렸다? 흑천마검 같이 영악한 녀석이?

하긴……

그렇지 않고서는 이렇게 내게 대답을 재촉할 이유가 없

었다. 녀석이 제힘을 모두 내게 건넸던 그때의 저의(底意)가 의문스러울 뿐이다.

대답이나 해.

녀석이 그런 눈빛으로 나를 노려보았다. 흑천마검의 인내가 한계에 달했다는 것을 느낀 나는 슬그머니 운을 띄웠다.

"살라딘 나샤마를 제거한 후 바그다드로 갔었지."

녀석에게 궁금한 점이 많았다.

그래서 내가 해줘야 할 이야기들을 간략하게 전했다.

"탄지가 칼리프의 모래시계를 스쳤다. 거기에서 나온 모래 알맹이가 내 얼굴로 튀었고, 눈을 감았다 떠보니 여기에 있더군. 내 얘기는 끝났어."

확실히 녀석의 표정에 변화가 있었다. 녀석은 뭔가를 깊게 생각하는가 싶더니, 칼리프가 모래시계를 사용하는 것을 어떻게 알아차릴 수 있었냐고 되물어 왔다.

"말이 피차 길어질 것 같으니 확실히 하고 넘어가는 게 좋겠지. 네 녀석도 나도 목적이 동일하다. 그놈의 목숨. 보아하니 우리 둘이 힘을 합쳐야 할 것 같은데 말이야. 같이……."

"같이 보낸 시간은 길어도 신뢰가 없다는 게 문제지. 지금만큼은 솔직해져야 하는 시간 같은데? 안 그래?"

흑천마검이 내 말을 가로챘다.

녀석의 그 말에 크게 놀랄 수밖에 없었다.

녀석이 뱉은 말은 내가 하려던 말과 동일했기 때문이었다.

설마 내 의식을 읽은 것일까.

세 번째 눈과 같은 능력이 흑천마검에게도 있었던 것일까.

그것에 대해 묻기 위해 입을 열려던 그때, 녀석의 얼굴이 더 구겨졌다.

"의식을 읽은 것이 아니다."

녀석이 신경질적으로 제 미간을 쿡쿡 찌르며 말했다.

아직도 모르겠어?

녀석은 그런 눈초리로 나를 쳐다봤다.

"앞뒤가 맞지 않아. 몇 번의 시간을 반복했는지는 모르겠다만, 지금만큼은 내가 시간 이동을 인지하고 있잖아. 지금껏 반복해 온 상황과는 많은 게 달라졌을 텐데?"

"지금이 몇 번째인 것 같지?"

녀석은 그러면서 오른팔을 내 앞으로 내밀었다. 녀석의 팔에는 작은 스크래치들이 가득했다. 녀석은 그 많은 상처들 중에서 사선 형태의 상처 하나를 가리켰다.

"다시 돌아왔을 때마다, 꼭 이런 것 하나씩을 달고 돌아왔었지."

기가 막혔다.

비단 오른팔에만 상처가 있는 게 아니라, 어디에서 심하게 구른 것 마냥 온몸이 작은 스크래치들로 가득했다.

상처 하나에 시간 이동 한 번이라? 얼마나 많이 시간이 되풀이되었는지 감이 잡히지 않았다.

"지금까지 얼마나 시간이 되풀이됐는지는 중요하지 않다. 지금은 달라졌으니까. 내가 인지하고 있잖아. 그런데도 어떻게 내가 할 말을 네 녀석이 알 수 있었던 거지?"

흑천만검은 짜증을 넘어서 귀찮아 죽겠다는 식으로 나를 노려보았다.

"인간의 사고방식은 고착화되어 있다."

선심 쓰듯 한마디 툭 내뱉는 흑천마검이었다.

그러니까 시간과 장소가 달라도, 비슷한 사고를 요하는 상황에서는 동일한 말을 해왔다는 것이다.

문득 생각나는 게 있었다.

"내게 이 모든 걸 설명한 적이 있었군?"

녀석은 대답 대신 제 팔에 난 작은 상처들을 턱짓해 가리켰다.

당연한 걸 말 해봤자 입만 아프다는 식이다.

"늙은 인간이 모래시계를 사용한다는 걸 어떻게 눈치챘

지?"

발언권이 녀석에게로 넘어갔다.

"우연이었어. 세 번째 눈을 통해 녀석의 의식 속으로 들어가려 했었다. 계속 막혔어도 세 번째 눈은 열어 두었는데. 문득 뭔가 느껴지더군. 그래서 탄지를 쏘았다. 탄지가 놈의 소매를 찢기 전까진, 그 안에 무엇이 있는지도 몰랐었지."

녀석은 다시 깊은 생각에 빠졌다.

"설마 너는 그놈이 모래시계를 사용하는 걸 느끼지 못한다는 것은 아니겠지?"

녀석은 대답하지 않았지만, 내가 생각하는 것이 맞다는 것을 느낄 수 있었다.

작금의 상황으로 볼 때, 흑천마검은 칼리프를 죽이지 못해왔을 뿐만이 아니라 모래시계 또한 어쩌질 못하고 있었다.

어처구니없는 일이다.

흑천마검은 비록 반으로 쪼개졌다지만 엄연히 신(神)에 가까운 존재가 아닌가.

"섭리가 담긴 그릇이라고 말했을 텐데?"

녀석은 내 생각을 읽었다는 것처럼 신경질적으로 뇌까렸다.

"됐어. 말만 길어지는군. 이야기는 여기서 집어치우기로 하지. 네 녀석도 나도 목적이 같고, 해야 할 일도 명백하니. 그럼 이제."

합일해서 바그다드로 넘어간다. 최우선으로 모래시계부터 완전히 파괴하는 것으로 잡고…….

"우리가 합일한 적이 없었을 것 같으냐?"

"뭐?"

"바로 직전에! 왜 애송이 네놈에게 이 몸의 힘을 전부넘겼을 것 같으냐? 그것만을 제외한. 네놈이 생각하는 것이상으로 우리가 해 볼 수 있는 전부를 해 보았기 때문이었다."

녀석은 금방이라도 폭발할 것처럼 보였다.

"그럼 성공한 거로군. 내가 시간 이동을 인지하게 되었으니까. 이런 건 처음이겠지? 내 말을 들어봐."

흑천마검을 진정시키며 말을 계속 했다.

"수없이 되풀이된 시간 속에, 너와 내가 어떻게 싸워왔는지는 모른다. 헤아릴 수 없을 만큼의 횟수로 합일도 하였고, 아닌 적도 많았을 테지. 하지만 나는 전을 기억하지못한다. 그래서 궁금한 게 많지."

흑천마검은 미간을 찌푸리면서도 나를 쳐다보고 있었다.

"어째서 네 녀석 같은 존재가 섭리를 담은 그릇이 무엇이든, 시간 따위의 개념에서 벗어나질 못하고 있는지. 묻고 싶은 게 많다. 하지만 모두 뒤로 미루자. 말했던 대로 우리가 해야 할 일은 명백하다. 모래시계를 파괴하고 칼리프를 죽인다. 그동안 해 볼 수 있는 모든 걸 해 보았다고 했지?"

"……."

"하지만 모두 실패로 돌아갔고 너는 최후의 수단으로 내게 힘을 넘겼었다. 그건 분명히 성공적이었다. 내가 지금을 인지하게 되었을 뿐만 아니라, 모래시계를 막을 방법도 알아낼 수 있게 되었지. 세 번째 눈으로 관조하면 모래시계의 움직임을 느낄 수 있으니."

이제 결론이다.

"다시 내게 네 힘을 넘겨라."

＊　　　＊　　　＊

"크크크……. 이 몸의 힘을 넘겨라?"

흑천마검이 음산하게 웃었다.

"그래. 합일체에서는 세 번째 눈을 발현할 수 없는 것 같다. 합일체에서도 세 번째 눈을 발현시킬 수 있었다면,

진작 모래시계가 시간을 되돌리는 것을 막을 수 있었겠지."

"이 몸의 힘을 피자 주문하듯 쉽게 말하는군. 애송이 주제에……."

"그동안 지난 과거에서 너와 내가 어떻게 해왔는지 모른다. 하지만 직전의 방식은 반절의 성공을 이루었어. 그러니 다시 네 힘을 넘겨라. 직전과 동일한 방식으로 다시 가는 거다"

"애송이, 네놈에게 이 몸의 목숨을 맡기는 건……. 크큭……. 한 번이면 족하다."

"무슨 말이지?"

입을 다물고 흑천마검의 이어질 말을 기다렸다. 돌아오는 것은 비웃음뿐, 끝내 대답을 들을 수 없었다.

그러나 어렴풋이 짐작할 수는 있었다. 녀석이 모든 힘을 전하고 의식을 봉인하는 순간, 내가 죽으면 녀석도 소멸한다.

"말하지 않은 게 있군? 그렇게 속으로 비웃지 말고 말해 봐."

내가 물었다.

녀석의 싸늘한 시선이 내 두 눈에 꽂혔다. 녀석이 입을 열었다.

"결계막을 뚫고 들어가서 예니체리라는 인간 군대를 해치웠다. 그런 다음 암살단원으로 가장한 늙은 인간을 찾아냈고, 그것을 죽이려던 순간에 시간이 뒤집어졌다? 애송이, 네놈은 그 늙은 인간과 싸웠다고 생각하고 있지만, 그 늙은 인간은 싸운 게 아니라 네놈을 관찰한 것뿐이다. 아마도 새로운 형태로 나타난 네놈이 신기했을 테지."

"왜 그렇게 생각하지?"

"넌 우리에게 상처를 입힌 것들과는 한 번도 마주치지 않았다."

"합일체가 되었던 우리에게?"

되풀이되던 시간 속에서 무슨 일이 있었는지 모르니 갑갑할 따름이었다.

"하지만 그것이 무엇이든, 우리가 압도하는 것만은 분명하겠지?"

그러니 칼리프가 계속해서 시간을 되돌렸던 것이다.

흑천마검의 입가에 머물러있던 조소가 일순간 사라졌다.

"네놈에게 힘을 전부 건넸을 때에는 제정신이 아니었다. 지긋지긋했고, 이렇게까지 화가 난 적은 실로 오래간만이었지. 그래서 네놈에게 이 몸의 힘을 맡기는, 그런 미친 결정을 했었던 것일 테지."

"……. 음?"

마치 모든 인간들이 그러하듯, 후회하는 흑천마검의 모습에 지금 이 순간만큼은 반신이 아니라 그저 힘이 센 인간처럼 느껴졌다.

"깨어나서 더 확신할 수 있었다. 늙은 인간과 그것을 지키는 것을 죽이는 것은 이 몸이나 적어도 우리여야 한다. 네놈이 아니라."

사라졌다가 오랜만에 나타난 흑천마검은 그간 보여주지 않았던 흥미로운 감정들을 드러내고 있었다.

"이 몸의 말씀을 새겨들어라. 직전과 같은 방식은 없다. 애송이."

흑천마검의 고집을 꺾을 수 없다는 것을 알고 있었다.

녀석이 내게 합일을 강제할 수 없듯, 나 또한 녀석에게 힘을 전부 건네라 강제할 수 없다.

진퇴양난(進退兩難)이다.

"그래도 네가 힘을 건네는 게 최선. 오로지 성공한 방식이니까."

마지막이다 생각하고 운을 띄웠다.

"성공? 크크크. 네 녀석은 철저히 농락만 당하고 온 거다."

"그럼 어떻게 하길 원하지?"

"이번에는 이 몸의 차례다. 애송이. 네 의지를 지우고 의식을 막아라."

"크큭."

내 입에서 흑천마검과 같은 웃음소리가 흘러나왔다.

"그걸 내가 허락한 적이 있었나?"

내가 물었다.

"있을까?"

"마찬가지다."

그럼 결론은 하나.

다시 '우리'가 되는 수밖에.

이제는 내가 인식한 것이 있으니, 전들과는 다를 게 분명하다.

아무 말 없이 손바닥을 펼쳐 팔을 내밀었다.

내 뜻을 알아차린 흑천마검이 짜증과 분노가 뒤섞인 복잡한 표정으로 나를 쳐다보았다.

하지만 녀석도 어쩔 수 없는지 내 손바닥 위에 손을 얹었다.

차가운 피부가 손바닥에 닿는 그 순간 바로!

녀석의 마기(魔氣)가 한 번에 쏟아져 들어오기 시작했다.

　　　　　　　*　　　*　　　*

　그 늙은 놈이 지닌 모래시계는 본래 현존해서는, 현존해서도 안 될 물건이다.

　그 점을 설명하기 위해서는 필연적으로 우주의 섭리와 시간 이동에 대해 설명할 수밖에 없다.

　과학자들은 우주가 네 가지 힘에 의해 움직이고 있다고 밝힌 바 있다. 완전히 틀린 바는 아니다.

　그들이 붙인 이름으로 하자면 중력, 전자기력, 약력, 강력, 이 네 가지 섭리가 우주를 움직이고 있는 게 맞다.

　하지만 그 차원의 인간들은 네 가지 섭리를 통합하는 우주의 근원을 밝혀내지 못했다. 그저 네 가지 힘이 한데 집약된 덩어리로 있다가 쾅! 하고 터져서 우주가 탄생했다고 한다.

　크게 쾅.

　그렇게 빅뱅이라는 이름을 붙이면서 말이다.

　과연 인간들다운 발상이다.

　그러나 네 가지 섭리를 통합하는 근원이 존재한다. 그것이야말로 우주를 움직이는 진정한 섭리이며, 네 가지 섭리는 그 안에 수렴된다.

　그것은 바로 인과율(因果律).

우주의 모든 일에는 인과율이 깃든다. 인과율 아래 중력이, 전자기력이, 약력이, 강력이 움직이는 것이다. 이를테면 인과율이 보스고 나머지 섭리는 그 명령을 수행하는 조직원이다.

과거 인간들 중에서 정신을 고도로 수양한 이들 중에는 우주의 생리(生理)를 어렴풋이 느낀 이들도 있다. 그러나 그 생리를 형용할 방법이 없기에 추상적으로 구전(口傳)할 수밖에 없었고, 그것이 시간이 흘러가며 종교의 형태를 띠게 되었다.

이제 시간 이동을 다뤄보자.

우리는 지금이라도 [과거 같은 실태의 평행우주 내 다른 차원의 지구]로 이동할 수 있다.

중원으로 일컬어지는 이쪽 세상과 한국 혹은 미국으로 일컬어지는 저쪽 세상으로 오갔던 것과 다를 바 없는 일이다. 우리가 지금껏 쭉 그래 왔듯이.

하지만 그것은 시간 이동이 아니라 차원 이동이다.

애초에 시간 이동이라는 개념 자체가 있을 수가 없다. 시간은 이동되어지는 게 아니다.

만일 지금과 같이 시간 축 자체가 되돌려져 버렸다면, 그것은 인과율 아래 처음부터 그렇게 정해져 있었던 것이다. 즉 시간 축이 되돌려지기로 예정되었던 것이기에 이 또한 미래인 것이다.

즉, 여기는 [과거 같은 실태의 평행우주 내 다른 차원의 지구] 가 아니다. 시간 축이 뒤틀려 버린 것은 맞으나 인과율에 의해 그렇게 되기로 결정되어 져 있던 것일 수도 있다. 이 경우는 예정된 미래다.

그러나 진실로, 모래시계에 이쪽 차원을 관장하는 섭리, 인과율을 조정하는 힘이 담겨 있다고 보자.

그 늙은 인간이 모래시계를 사용하여 의도적으로 시간 축을 되돌렸다면?

애초부터 인과율 아래 예정된 일이 아니었다면?

그것이야말로 시간 이동이다. 동시에 인과율 조정이다.

진정 그렇다면 우주의 티끌만도 못한 지구, 그 안에서의 티끌만도 못한 인간이 가지기엔 너무나도 엄청난 힘이 아닌가!

분명.

그 늙은 인간이 흑웅혈마와 교도들을 죽인 행위는 천인공노(天人共怒)할 짓이다. 그토록 우리를 성가시게 만들었던 행위들도 마찬가지다.

하지만 진정 우리를 분노케 하고 있는 것은!

우주의 대 섭리가 그런 미천하고도 미천한 일개 유기체에 의해 조정되고 있을 수도 있다는, 의심 그 자체였다.

이를 확인하려면.

모래시계를 우리 손아귀에 쥐어야 한다.

놈을 죽여서.

"도륙해버리겠어. 크흐⋯⋯."

화가 나서 죽을 것만 같다. 흑웅혈마와 교도들을 죽인
것도 그렇고, 계속 시간 축이 뒤틀려 버리는 것도 그렇다.

하지만 무엇보다도 인과율이 놈의 편이라는 것이 짜증
나 미치겠다.

모래시계에 진정, 이 차원을 관장하는 힘이 담겨 있어
서 늙은 인간 주제에 전횡(專橫)을 일삼는 것일 수도 있고,
아닐 수도 있다.

어느 쪽이든 짜증난다. 이런 상황 자체가 있어서는 안
될 일이다.

인과율을 관장하는 섭리가 형상을 갖추고 있다는 것 자
체가 아니 될 일이다.

모래시계에 인과율을 관장하는 힘없이 '시간을 되돌리
는 능력.'이라고 보이는 인과율이 작용하고 있다고 해도,
달라지는 건 아무것도 없으니 말이다.

이러니저러니.

미물 중의 미물 따위가 계속해서 시간 축을 비틀어 댈

거다.

지금껏 이렇게까지 화가 난 적이 드물다.

지금의 분노 강도와 비견될 수 있는 걸 구태여 뽑아 보자면, 옥제황월이 설아를 살해했을 때 정도밖에 없다.

영아가 엠티에 가서 성폭행을 당했을 때에도 이 정도까지는 아니었다.

우리는 화가 치밀어 오른 채로 검을 휘둘렀다. 찢겨진 공간 안으로 바그다드 궁전이 보였다. 그 안으로 몸을 비집고 들어가는데 흥, 하고 뜨거운 콧바람이 뿜어져 나왔다.

이 빌어먹을 결계막은 이번에 또 우리를 막고 있다. 우리는 결계막에 뻗었던 검을 황급히 회수했다.

직전에야 새로운 형태로 나타난 우리에게 호기심을 가진 늙은 놈이 애초부터 싸울 마음을 가지지 않았다지만 이제는 다를 거다. 그놈은 항상 그래 왔다.

보통은 이 결계막을 건드리는 순간 그것들이 나온다.

그것, 신을 섬기는 진.

악마로 일컬어지는 신을 섬기지 않는 진들과는 앙숙인 놈들인데, 그것들은 우리를 대마왕쯤으로 여겼다.

그런 영적인 존재는 한두 번 본 게 아니라서 별반 신기할 건 없었다. 그저 한 끼 식사 정도에 불과한 놈들로만 여겼다.

그래서 초반에는 그때마다 먹어치우곤 했었는데 중반에 이르러서부터는 항상 배가 불러 식욕이 없었다.

그런 면에서 미국의 핵은 먹을수록 힘을 얻는 질 좋은 보약인 반면, 이것들은 그저 배만 채우는 쓰레기 인스턴트에 불과하다.

"성가셔 죽겠군……."

우리는 투덜거리면서 결계막에 검을 박을 수밖에 없었다.

검 끝이 결계면에 닿자마자 언제나처럼 그것들이 나타나기 시작했다.

결계막 안쪽이다.

바그다드를 지키는 진들은 인간의 외형을 따라서 제 형체를 꾸민다. 마치 나샤마가 섬기던 그것처럼, 희끄무레한 형체에 있는 것이라곤 꼴에 눈이라면서 발광(發光)시킨 그 부위뿐이었다.

팟! 팟!

파파파팟!

순식간에 백 마리가 넘는 것들이 나타났다. 진들의 전신으로 청색으로 형용된 기운이 모락모락 피어올랐다.

우리가 결계막을 찢기도 전에 그것들이 먼저 선공(先攻)

을 날렸다.

에너지가 집약된 덩어리 백 개가 우리를 향해 쏟아져 들어온다.

이 멍청한 진들은 우리 같이 존엄한 존재가 아니라서 과거를 인지하지 못한다. 그래서 녀석들은 본인들이 공격 이라면서 에너지 구를 던진 행위가, 우리에게 식량을 던 지는 꼴이라는 것을 알 리가 없었다.

빠르게 날아오는 에너지 구. 하지만 우리에게는 그것이 빵으로 보인다.

하지만 공장에서 찍어낸 저질의 맛없는 빵 덩어리와 다 를 바 없어서, 더 이상 먹고 싶지 않다. 일단 몸을 솟구쳐 피했다.

이러면 녀석들은 결계막 밖으로 튀어나오게 된다. 녀석 들이 하나로 합쳐져서 거대한 형체를 갖출 때가 약간 신 경을 써야 할 때지, 이렇게 산개(散開)했을 때에는 개미떼 보다도 못하다.

그렇다고 마구잡이 베면 거대한 형체로 합체한다.

그것을 막는 방법?

처음에 당해주는 척 연기를 하면 벌떼처럼 내게 붙으려 드는데, 그때 일검(一劍)에 전부를 베어버리면 된다.

그런 연기를 해야 한다는 것 자체가 짜증스럽고, 더 짜증나는 건 이미 수십 번 똑같은 짓을 해왔었다는 것이다.

그래서 못 참고 녀석들을 보이는 대로 집어삼키다가 하나로 합쳐진 거대한 형체를 상대하던 적 또한 수없이 많았다.

물론 거대한 형체가 되었다 해도 우리에게 위해가 되는 건 없다. 하지만 산개했을 때보다 더 성가시고, 그만큼 힘을 소비해야 되기 때문에 어지간해서는 인내해야만 한다.

시간이 되돌려졌을 때.

녀석들은 다시 처음대로 살아나지만, 우리의 상처는 남아 있으니 말이다. 정확히 말하자면 우리의 반쪽인 존엄한 흑천마검의 상처뿐만이겠지만.

문제는 또 있다.

녀석들이 일검에 몰살되는 시점에 늙은 인간의 심정에 따라 시간이 되돌려질 수도 있다! 빌어먹을 일이다.

"한낱 미물 따위가……."

생각할수록 분했다. 정신을 차리고 보니 어느새 진 여섯 마리를 산산조각 난 뒤였다. 흡수해도 영양가 하나 없는 것들이다. 한층 더 위로 솟구치면서 그것들이 소멸되도록 내버려뒀다.

진들이 사방에서 우리를 쫓아온다. 다행스럽게도 하나로 합쳐지려는 움직임이 아직 없었다.

다행스럽게도? 짜증나 죽을 노릇이다.

진 한 마리가 가까이 다가오도록 내버려 뒀다. 그렇다고 완전히 무방비 상태로 있는 것은 아니라, 인간의 팔처럼 형체를 잡은 그 두 부위를 잘라냈다. 물론 진에게서 고통스런 감정이 느껴지긴 했다. 그런데도 진은 소멸의 두려움을 극복하고 우리 발목을 몸 전체로 껴안듯이 감쌌다.

그때부터였다.

예정된 대로 진들이 시야에서 사라졌다가 내 주위에 나타났다. 녀석들이 순간 이동을 한 이 직후가, 바로 녀석들을 일거에 소멸시킬 수 있는 기회다.

이보다 먼저 검기를 날리면 몇 놈은 소멸하지만 대다수는 결계막으로 순간 이동하고 만다. 하지만 순간 이동을 한 직후엔 바로 순간 이동을 할 수 없는 게, 녀석들이 가진 한계였다.

우리는 몸을 회전했다. 동시에 검을 물결처럼 움직였다.

그렇게 내 몸을 중심으로 고리 형식의 검기가 사방으로 뻗쳐 나갔다.

진들의 형체가 반 토막 난다. 두 조각으로 쪼개진 형체는 푸른 기운을 터트리며 안개처럼 퍼졌다. 내 주위에서

일순간 벌어진 그 광경들은 마치 불꽃놀이의 한 장면 같
았다.

후!

입김을 불었다. 마지막까지 응어리져 있던 푸른 기운이
바람에 실려 사라졌다. 이제 아무것도 남지 않았다.

우리는 아래로 솟구친 그대로 결계막에 검을 꽂아 넣었
다.

아직 시간이 이동되지 않은 걸 보니.

가당치 않게도!

주제 모를 그 늙은 인간이 상황을 조금 더 주시하고 싶
은 모양이다.

결계막이 뚫리는 순간부터가 진짜다. 늙은 인간도 이번
에는 또 우리가 어떻게 다르게 나올지 궁금할 테지.

그렇게 생각하는 바로 그때.

우리의 얼굴이 완전히 일그러졌다.

눈을 한 번 깜빡이고 났을 때, 우리는 다시 사막 위였
다.

몸에서 거대한 기운이 급격하게 빠져나간 것을 인식하
며 뒤로 몸을 돌렸다.

"이런 식이었군."

내가 말했다.

거기에는 양손으로 제 머리카락을 움켜쥔 채 얼굴을 부들부들 떨고 있는 흑천마검이 있었다.

제3장

찰나의 꿈

"대인의 무공에 탄복! 탄복했소이다! 대인이 아니었
으면 이 오랑캐들에게 평생을 개처럼 질질 끌려……. 으
읍!"

이번에도 양소는 죽었다.

전과 달라진 것이라면 죽음에 이른 방식이었다.

수도에 의해 목이 잘라져 나간 것이 아니라, 놈조차도
인식하지 못할 갑작스런 심장 충격에 목숨을 잃었다.

내 주먹이 놈의 심장을 빠르게 치고 돌아온 순간, 놈의
몸이 앞으로 무너졌다.

나디아 일행을 습격했던 도적 떼와 양소가 이끌고 있던

모두는 그런 식으로 죽었다. 너무도 갑작스러운 외부의 충격에 고통조차 느끼지 못하고, 나름대로 심플하다 할 수 있는 마지막을 맞이했다.

그러한 광경은 동화 [잠자는 숲 속의 공주]의 마녀가 현장을 유유히 지나쳤던 것처럼 보인다.

흑천마검의 흥분한 숨소리만 제외하면 세상은 다시금 조용해졌다.

훅훅, 하는 거친 숨소리가 들리는 뒤쪽으로 몸을 돌리자, 아직도 짜증과 분노로 어쩔 줄 몰라 하는 흑천마검이 보였다.

마치 인간처럼 제 화를 주체 못해서 부들부들 떨고 있다.

녀석과 합일을 하면 기억의 단편과 감정을 공유하게 된다. 그래서 녀석이 느끼고 있는 짜증과 분노가 얼마나 큰지, 진실로 이해할 수 있다.

그러나 이성적으로는 녀석의 지금 상태를 이해할 수 없었다.

물론 '인과율'이라는 우주의 제1 법칙이 거론되고 있는 사건이 벌어지는 상황이라지만, 녀석은 고작 이런 일에 일희일비(一喜一悲)할 존재가 아니다.

녀석은 우주의 탄생과 법칙을 알고 있는 존재였다. 그

말인 즉, 이번 합일을 통해서는 알 수 없으나, 어쩌면 태초의 우주부터 수백억 년 동안 실존해 왔을지도 모른다는 말이다.

감히 어떤 단어로도 형용할 수 없는 그런 존재가 제 화를 주체 못해서 부들부들 떨고 있다니.

아무리!

반으로 쪼개지고 검 따위의 형상에 갇혀 우주의 미생물 축에도 끼지 못하는 인간에게 속박된 상태라고 해도 이건 정말 아니었다.

입술을 질끈 깨물었다.

번뇌는 이쯤에서 씻어 버리는 게 맞다고 생각했다.

녀석의 진정한 정체와 장엄한 우주에 대해 생각하고 있노라면, 이렇게 희노애락(喜怒哀樂)을 느끼며 살아있는 내 존재 자체가 철저하게 부정되는 기분이 들기 때문이다.

아무것도 할 필요가 없다고 느낄 무기력증이 두려웠다.

직전까지만 해도 칼리프에 대한 분노로 가득했던 마음이 이상할 정로도로 차분해진 것이 바로 그 때문일 것이다.

사색과 성찰은 복수 뒤로 미룰 수밖에 없다.

"이봐 그쯤하고 다음 작전을 짜야지."

흑천마검이 눈을 부라리며 내 앞으로 다가왔다.

녀석이 발에 갈리는 것들을 신경질적으로 차대는 통에, 도적 떼들의 시신이 사방으로 날아다녔다.

내 얼굴을 덮쳐 오는 것도 있었다. 그것을 한 팔로 걷어 냈을 때, 시야 안으로 흑천마검이 불쑥 나타나며 날카로운 이빨을 드러냈다.

"애송이, 네놈이 내게 힘을 넘기는 것밖에 남지 않았다! 당장 넘겨!"

"바그다드를 보호하는 진? 그것들을 어떻게 상대해야 할지 이제는 알겠더군. 네 녀석이야말로 다시 내게 힘을 넘기는 게 맞다."

내가 말했다.

역시나 흑천마검은 더 발광하면서 자기에게 내 힘을 넘기라고 소리쳤다.

놈이 한 마디 한 마디 외칠 때마다 모래 폭풍보다 더한 바람이 사납게 몰아쳤다.

더 이상 자극해 봤자 이득이 없을 거란 걸 잘 알고 있었다.

녀석은 지금껏 보아온 그 어느 때보다 화가 나 있는 상태였다.

"그래. 그래. 넘기지."

내 그 말이 마법의 주문이 되어 성난 바람을 잠재웠다.

넘겨.

흑천마검의 분기탱천(憤氣撐天)한 눈빛이 내 눈을 꿰뚫 듯이 들어왔다.

"그 전에 몇 가질 묻겠어."

"그 전에 몇 가질 묻겠어."

내가 입을 여는 순간, 녀석의 입에서도 똑같은 말이 흘러나왔다.

비슷한 상황에 동일한 사고.

녀석은 내 그 말을 수없이 들어온 것이었다.

물론 지금처럼 힘을 완전히 넘긴다거나 할 때는 아니었을 거다. 녀석의 말에 따르면 우리는 그간 수없이 많은 합일을 해왔다는데, 아마 그때가 아니었나 싶었다.

그리고 마침 '그때'에 대해 물으려던 참이어서, 나는 자연스럽게 말을 이어 나갔다.

"합일하기 전에 내가 그렇게 물어 왔을 거야. 그렇지? 우리가 수없이 많이 합일했다는 걸 의심하는 건 아냐. 직전의 합일에서 기억의 단편을 볼 수 있었으니까, 그 점은 믿는다. 하지만 나를 어떻게 설득했던 거지?"

이 녀석이 무슨 말을 하던 이전의 나는 믿지 않았을 거다.

더욱이 무엇보다도 나는 절대 합일을 하지 않기로 결심

한 상태이기도 했다.

"똑같은 대답을 수없이 반복해 왔으니 짜증나겠지. 하지만 내 의문을 풀어주면, 네게 힘을 넘기겠다고 약속한다."

"……"

흑천마검은 극도의 인내심을 발휘하는 중이었다. 이윽고 녀석의 입에서 금속의 표면과도 같은 차갑고도 날카로운 목소리가 흘러나오기 시작했다.

"애송이. 네놈 말이 맞다. 지금 이 시간에서는 네놈을 설득할 수 없지."

"그렇다면 내가 수에즈에서 카이로로, 그러니까 나샤마의 군대를 섬멸하러 갔을 때. 그 시간이겠군. 이번에 내게 그랬듯이 말이야."

"네놈의 의지를 스스로 과대평가하고 있군. 크크큭."

나는 말없이 녀석의 이어질 말을 기다렸다.

"네놈이 총애하는 교도들이 대운하 공사에 투입되었다는 것을 알게 되었던 때부터, 네놈의 의지는 한없이 약해지지. 그리고 흑웅혈마가 죽었다는 것을 확신하게 된 바로 그때, 놈의 의지는 무너지게 되어 있었다."

"하지만 네가 나를 찾아온 건 내가 카이로로 가고 있을 때였다. 그러니까 살라딘 나샤마의 군대를 섬멸하러 가고 있을 때였지."

"잘 떠올려봐라. 애송이. 그때 이 몸이 뭐라고 말했었
는지."

애송이. 지금 너는 칼리프를 죽이기도 전에, 저것들
과 같이 산화하려는 것이다. 이 몸의 말을 믿어라. 이
몸은 그런 걸 무수히 많이 봐왔어.

흑천마검의 그 말이 주마등처럼 뇌리를 스치고 지나갔
다. 퍼즐 조각이 뿔뿔이 흩어져 있다가 하나로 재합되는
순간이었다.

"그럼?"

"맞다. 애송이. 이 몸이 개입하지 않았더라면, 네놈은
그 자리에서 그것들과 함께 동귀어진했었을 것이다."

"그럼 내가 그것들을 모두 죽였다는 말이군? 선봉대로
사막기병대 일만과, 본대의 수만 명의 이슬람 병사 모두
를?"

"네놈은 그랬다. 피에 굶주린 살인마처럼 전장을 휩쓸
고 다녔다. 그리고 죽었지. 크큭."

"그것들 모두를 섬멸하려면 그만한 각오는 되어 있어야
했겠지. 그래도 이해할 수 없군. 나라면 언제든 몸을 피할

수 있었을 텐데. 최대의 피해를 입힌 다음 몸을 피한 후, 다시 예기치 못한 급습을 하는 방식으로 싸웠을 거다."

"애송이 넌. 나샤마라는 인간의 힘을 간과하고 있었다. 그년의 저주가 너를 죽일 수는 없었더라도, 전장에서 벗어나지 못하게 만들 수는 있었지. 몇 번을 보아도 그 싸움은 지겹지가 않더군. 네놈이 한 명이라도 더 죽이고 죽으려고 발악하는 그 열연(熱演)은 아카데미 남우주연상감이었단 말이야. '감히 본 교주의 교도들을 해할 수 있을 것 같으냐!', 아주 명대사였어."

나는 시선을 내려트리며 녀석이 했던 말들을 곱씹어 보았다.

"그것이 처음의 시간대는 아니었을 텐데. 그것은 수많은, 수많은 엔딩 중에 하나에 불과했을 것이다. 처음은 어땠지?"

"처음이라……."

얼마나 많은 시간이 반복되었었는지, 흑천마검은 미간을 찌푸리며 기억을 되짚기 시작했다.

"네놈의 의지가 무너진 때에 네놈이 먼저 내게 합일을 요구해 왔었다."

흑천마검은 칼리프의 열여섯 번째 아들을 만났을 때를 말하고 있었다.

"흑웅혈마가 죽었다는 걸 알게 되었을 때, 그간 억눌러 왔던 네 본성이 터지고 말았었지. 크큭. 역시나 이 몸부터 찾더군."

녀석이 조롱을 담아 말하고 있지만 기분 나쁠 것도 없었다. 녀석이야말로 온갖 상처를 뒤집어쓴 패잔병에 불과했다.

"우리는 바로 바그다드로 넘어갔다. 하지만 우리는 그 늙은 인간이 '섭리를 담은 그릇'을 가지고 있는 줄 몰랐다. 그 늙은 인간이 그런 것을 가지고 있다는 것을 처음부터 알았다면, 그렇게 무작정 쳐들어가지 않았을 테지. 뒤에 어떻게 되었는지는 말 안 해도 알겠지?"

"왜 우리는 놈을 죽이지 못했지?"

그걸 말이라고 해?

흑천마검은 소리치지 않았지만, 두 눈으로는 그렇게 일갈하고 있었다.

"우리라면 칼리프가 모래시계를 뒤집기 전에 죽일 수 있었을 텐데. 놈이 아직 우리에 대해 제대로 모르던 그때라면."

"그 모래시계는 '뒤집는다'는 행위로 사용되어 지는 게 아니라고……. 몇 번을 말했을 것 같냐. 애송이."

"그럼 뭐지?"

"의지! 의지! 씹어 먹을……. 의지다. 모래시계가 그 늙은 인간에게 있는 한, 놈의 의지가 시간 축을 비튼단 말이다!"

인내심의 한계에 도달한 흑천마검이 콧바람을 씩씩거렸다.

녀석이 손을 내밀었다. 어서 빨리! 제 손 위에 내 손을 겹치라고 종용하고 있는 녀석의 두 눈동자는 화염만큼이나 이글거렸다.

"거의 다 왔어. 시간이 되돌려지면 언제나 이 시간대인 거냐?"

흑천마검은 부들부들 떨면서 그렇다고 대답했다.

뿐만 아니라 칼리프에게는 지금 이 시간대가 그의 인생에서 중요한 분기점이기에 이보다 더 과거로 돌아가는 일이 없었다고, 빠른 속도로 첨언했다.

말을 끝낸 녀석의 손바닥이 내 눈앞에서 위아래로 왔다 갔다 했다.

"기다려."

느릿하게 녀석의 손을 걷어내며 눈살을 찌푸려 보였다.

녀석이 지금껏 한 말엔 거짓이 없다. 그럼에도 불구하고 앞뒤가 전혀 맞지 않는다. 언제나 이 시간대로 되돌려 왔다면…….

내가 입을 열려던 바로 그 순간.

"앞뒤가 전혀 맞지 않아, 라고 지껄여만 봐."

흑천마검이 뇌까렸다. 나는 가만히 녀석의 얼굴을 응시
했다.

이번에도 녀석은 내가 무슨 말을 할지 알고 있었던 것
이다.

*   *   *

"나는 그간 네 모든 질문에 대답을 해왔다."

그대로 굳어버린 게 아닐까 싶을 정도로 감정 하나 실
리지 않은 얼굴로 변했다. 그 표정을 마주한 순간 심장이
내 의지와는 다르게 쿵, 하고 크게 내려앉았다.

녀석은 항상, 살인에 미친놈처럼 크크큭거리거나 나를
향한 조소를 머금어 왔다. 이토록 차가운 표정은 본 적이
없다.

녀석이 짜증과 분노로 몸을 부들부들 떨었던 것만큼이
나, 기계와 같은 녀석의 무표정은 내게 처음이었다. 느껴
졌다.

존엄한 존재의 분노가 저 표정 없는 얼굴의 표피에 퍼
져 있다는 것을 말이다.

이렇게까지 흑천마검이 분노해있다는 사실, 그리고 이 존엄한 존재를 한낱 우주의 미물이 그렇게 만들었다는 사실이 다시금 느껴지는 순간이었다.

따지고 보면 녀석의 분노는 칼리프가 아니라 모래시계에서부터 나온다.

합일에서 느꼈을 때, 모래시계는 이 세상에 있어서는 안 될 물건이다.

모래시계는 단지 형상에 지나지 않는다. 인간의 이성으로 감히 판단되어서도 안 될 우주의 제1 법칙이 거기에 있기 때문이다.

그러한 실체가 어떻게 이 세상에 도래하였을 뿐만 아니라 칼리프라는 한 인간에게 소유되었는지는 알 수 없다.

다만 생각해 볼 것은 흑천마검의 분노의 원천이 녀석의 몸에 늘어나있는 상처가 아니라, 우주의 거대한 섭리가 한 인간에게 소유되어 있는 상황 자체에 있다는 것이다.

흑천마검은 한낱 인간에게 소유된 우주의 섭리를 제 자리에 돌려놓고 싶어 한다.

그것은 응당 존엄한 존재의 의무이지 않은가?

그렇게 느꼈다.

"네게 내 힘을 준다고 해도 달라지는 것은 없을 것 같다. 진정하고 들어. 네게 남은 인내심이 없다는 것을 나도 잘 알고 있으니까. 나는 네 존엄성을 이해하는 유일한 존재다."

차분하게 말을 꺼냈다.

반면 흑천마검은 폭풍전야처럼 조용하기만 했다. 나는 심연보다 깊은 녀석의 차가운 눈동자를 응시하면서, 이 순간만큼은 진실된 자세로 말하기 시작했다.

"우리는 여러 번 하나가 되어 왔다. 그래서 나는 네가 얼마나 대단한 존재인지 알고 있다. 그리고 지난 합일에서 모래시계의 존엄성 또한 알 수 있었다. 모래시계는 분명 이 세상에 있어서는 안 될 물건이지. 우주의 섭리가 실체화되었다니. 인간의 이성으로는 상상조차 할 수 없는 일이다."

"……."

"그러나 그건 네 존재 또한 마찬가지다. 너는 태초의 우주부터 무수히 많은 차원을 넘나들며 우주를 관조해 온 존재다. 그런 네가 우주의 미물에 미물보다도 못한 인간들에게 속박되어, 결국 내게까지 흘러 들어오게 되었지. 마치 칼리프의 모래시계처럼 말이다."

흑천마검은 한 치의 미동도 없이 나만을 바라보고 있었다.

그 차가운 시선에, 나는 죽어 염라대왕(閻羅大王) 앞에서 변론하는 기분이었다.

"인과율이야 말로 온 우주를 움직이는 섭리. 감히 내가
느낀 우주의 섭리는 '절대 의지'였다. 절대 의지 아래 모
든 것이 움직이고 있다고 느꼈다. 우연히 분자와 분자가
부딪쳐 생명이 탄생했던 것이 아니라, '이미 그렇게 되기
로 되어 있었다.'라고 느꼈다. 내가 이해하는 게 맞나?"

흑천마검은 아무런 대답을 하지 않았지만, 나는 녀석의
눈에 어린 한기(寒氣)가 살짝 사그라지는 것을 긍정의 신
호로 여겼다.

"다시 말하지만 나는 너와의 합일에서, 네 존재의 존엄
성을 느낄 수 있었다. 너는 칼리프의 모래시계와 동등한,
혹은 그 이상의 존엄성을 갖춘 실체라는 것을 확신한다.
왜 너는 그것을 인지하지 못하는지 모르겠지만."

"나는 불완전한 존재다. 백운신검⋯⋯. 그것이 내 반쪽
을 가지고 있지."

흑천마검이 입을 열었다.

마치 백여 년 만에 처음으로 듣는 목소리 같다고 느꼈
다.

"무한대를 둘로 나눠도 무한대다. 앞서 말한 대로 나는
너의 존엄성을 이해하는 유일한 존재이니만큼, 내 말을
믿어도 좋아."

계속 말했다.

"모든 것이 그렇게 되어있기로 예정되어 있다는 것은 슬픈 일인 것만은 분명하다. 우리에게 닥친 사건, 지금의 대화, 그리고 미래의 사건들. 모두가 그렇게 프로그램처럼 설계되어 있다는 것을 진실로 알게 되었을 때, 나는 이로 말할 수 없는 상실감을 느꼈다."

흑천마검의 표정에 비로소 변화가 보였다.

나는 그 이유를 알아차리고 부드럽게 물었다.

"처음 듣는 얘기인가 보지?"

"솔직히 말하지. 상실감이라, 이번 건 처음이다."

나는 입술을 붙였다.

흑천마검의 입에서 흘러나오는 말에 귀를 기울였다.

"하찮은 인간의 이성으로는 우주의 섭리를 그런 식으로 받아들일 수도 있겠지. 인과율은 미래가 예정되어 있느냐 아니냐의 문제가 아니다. 하지만 인간들의 이성으로는 그렇게밖에 받아들일 수 없을 것이다."

흑천마검의 목소리가 진중해졌다.

"상실감을 느꼈다 하였지? 네 상실감은 인간의 '자유의지' 때문일 테지만, 우주의 대 섭리는 그것마저 포함하고 있다. 너는 지금, 네 세상에서 고대부터 존재해왔던 '위대한 철학가'라 불리는 인간들이 한자리에 모여 100

억 년을 논의한다고 해도 답을 내릴 수 없는 문제를 이야기하고 있다. 우주의 대 섭리에 대해 논하는 저의가 대체 무엇이냐."

"그래. 지금부터가 본론이지."

중요한 건 한낱 미물에 불과한 내가 우주의 대 섭리에 가까워지는 것이 아니다. 그것은 있을 수도 없는 일이거니와 있어서도 안 되는 일이다.

중요한 것은 어떻게 작금의 상황을 타개하고 칼리프에게 복수를 하느냐는 것이니까.

"나는 인과율을 '미래가 예정되어 있다.' 라고 밖에 인식할 수 없다."

지금껏 동요하지 않았던 흑천마검이었으나, 그의 미간이 잔뜩 찌푸려졌다.

"알아. 대 섭리를 그렇게까지 밖에 받아들 수 없는 게 나의 한계다. 일단 '미래가 예정되어 있다.' 라고 가정하고……."

"틀렸다. 애송이. 대 섭리는 하찮은 인간에게조차 자유의지를 허락하였다."

위대한 철학자들이 수천 년에 걸쳐 논쟁해 오고, 이제는 신경, 생물, 뇌 학자들까지 가세해서 다퉈오고 있는 주제에 대해서 왈가왈부할 생각은 없다.

사실 흑천마검 앞에서 [결정론]이나 [자유의지]에 대해 논한다는 것은, 번데기 앞에서 주름잡는 격보다 심하다는 것 또한 누구보다 잘 알고 있다.

"네가 그렇다면 그런 것이다. 거기에 대해 이견이 있는 건 아니야. 다만, 내 이성의 한계에 맞춰 그런 식의 접근을 해 보자는 거다."

흑천마검의 표정은 이제 더 이상 섬뜩하거나 싸늘하지 않다.

그 옛날 위대한 철학자들이 사색에 빠졌을 때처럼 진중한 얼굴로, 뭔가를 깊게 생각하고 있었다.

이윽고 흑천마검에게서 ok 사인이 떨어졌다.

녀석의 고개가 살짝 까닥여진 것이다.

"네가 내게 힘을 주었을 때 나는 미래를 볼 수 있었다. 네 힘이 내 원기에 녹아들어 '세 번째 눈'을 극도로 각성시켰었지. 나는 바로 직전의 합일 전까지만 해도 그렇게 생각했었다. 네 힘이 내 원기를 키웠고, 그것으로 세 번째 눈이 각성했다고."

계속 말했다.

"그렇게까지 완전히 틀린 생각은 아니지만. 내가 미래를 그렇게까지 선명하게 볼 수 있었던 것은 세 번째 눈 때문만이 아니었다. 네가 그리 말하는 우주의 섭리. 네 힘에 그것 또한 품어져 있었기에 가능한 일이었다. 대 섭리? 제1 법칙? 인과율? 그것을 무엇이라 부르든 네 안에도 있다."

하고자 한다면 먼 미래까지 볼 수 있었다.

하지만 당시에는 이렇게 시간이 리셋되는 것을 몰랐었다.

그래서 과거로 보이지만 미래인 지금을 마주했을 때 혼란에 빠져, 미래를 보는 걸 그만두었다.

"흑천마검."

녀석을 '네 녀석', 따위로 부르지 않고 이름을 불렀다.

"칼리프 그놈이, 시간을 가지고 논다지만. 너와 내가 힘을 합친다면 그놈은 우리의 손바닥 안이 될 것이다. 놈이 무슨 짓을 할지 알 수 있을 테니 말이지. 심지어 우리의 미래까지도."

흑천마검의 눈동자에 이채가 떠올랐다가, 곧바로 사그라졌다.

"그 말인즉, 다시 네게 힘을 건네라는 말이냐."

하지만 흑천마검은 조금도 흥분하지 않고 오히려 더 진중해졌다.

녀석이라면 내 말속에 담긴 진정한 뜻을 읽을 수 있었

다.

미래를 읽을 수 있다면. 거기에 더 나아가 만일 우주가 우리 편이라면, 우주가 직접 우리에게 답을 알려 줄 것이다.

"여기에선 이렇게 말하더군. 인샬라(Inch'Alla: 신의 뜻대로)."

한참을 조용히 있던 흑천마검이었다.

비로소 녀석의 입술이 열렸다.

"……. 단언컨대, 앞으로 이런 일은 없을 것이다."

타악!

흑천마검의 커다란 손이 내 어깨 위로 얹어졌다.

"단언컨대, 없다!"

흑천마검이 강렬한 음성과 함께 어깨에서부터 밀려오는 거대한 기운에 온몸을 부르르 떨었다.

할라 수련은 쾌락을 일순간에 터트려 그 힘을 원동력으로 삼는다. 그렇게 터진 힘에 원기를 가세시켜 척추 위로 밀어 올리는 순간, 수 시간 동안 일렁거리던 쾌락이 절정으로 치닫게 된다.

그때 남성의 사정이나 여자의 오르가즘과는 비교도 안 되는 카타르시스를 느끼게 되는데, 흑천마검의 거대한 기운이 전신으로 녹아드는 지금에 비하면 새 발의 피에 불과하다.

하지 못할 일이 없을 충만함이 느껴졌다.

동시에 치솟아 올린 원기가 척추를 타고 미간에서 폭발했다.

쾅!

태양이 터졌다.

수천만 개의 태양 조각들이 유성처럼 떨어져 내렸다. 그것들이 하나같이 미간으로 빨려 들어오기 시작했다.

아무것도 없는 칠흑의 세상 속.

오색(五色)찬란한 빛무리가 눈앞에서 요정의 날갯짓이 만드는 호선(弧線)처럼 그어진다. 인류가 생존하는 한, 영원히 이름을 남긴 위대한 예술가의 붓질처럼도 보였다.

그리고 이전과 다름을 느꼈다. 저 찬란한 빛무리에는 우주의 섭리가 담겨 있었다. 흑천마검조차 인지하지 못하던, 그의 본질적인 힘을 나는 느낄 수 있었다.

거기에 손을 뻗었다.

칠흑의 세상에서 내 손이 보일 리 만무하지만, 분명 내 손끝에 빛무리가 닿았다. 빛무리는 내 팔을 타고 미끄러지듯 올라와 한 번 더 내 미간 사이로 스며들어왔다.

쾅!

두 번째 폭발에서 비로소 세상이 환했다.

환해진 세상으로 끝없이 펼쳐진 황량한 사막이 들어섰
다.

허공에 떠 있다고 느끼고 있지만 실제로 존재하는 실체
는 아니었다.

하나의 정신체로서.

하늘에서 지상을 내려다보고 있었다.

시신들로 가득한 사막 위쪽으로 시선을 돌렸다.

거기에는 머리카락이 긴 음산한 사내와, 낡은 장포를
입은 젊은 사내가 오롯이 서 있었다.

미래의 흑천마검과 미래의 나다.

서로를 바라보고 있는 둘 사이엔 아무런 대화가 없었지
만, 둘은 무엇을 해야 할지 알고 있는 것 같았다.

그러던 문득, 미래의 내가 먼저 아무 말 없이 몸을 돌렸
다.

순백의 눈밭에서처럼 굵은 발자국이 사막 위에 꾹꾹 찍
혀나가기 시작했다.

내 시선도 미래의 나를 따라 자연스럽게 움직였다.

＊　　　＊　　　＊

흑천마검의 기운을 받아 세 번째 눈을 각성.

미래를 보는 행위는 마치 '가위눌림'과 비슷했다. 가위눌림에서 깼을 때, 섬뜩함으로 몸부림치던 오랜 시간이 찰나의 악몽에 불과했던 것처럼 느껴지게 비슷했다.

세 번째 눈을 접었다. 그렇게 오래 지났다고 여겨졌던 시간이 찰나의 꿈처럼 느껴졌다.

이제 내 안으로 종속된 흑천마검을 풀어 줄 때가 왔다.

하지만 온몸에 충만한, 성스럽다고까지 감히 말할 수 있는 이 힘을 잃게 된다고 생각하자 갈등이 생기는 것도 당연한 일이었다.

하고자 한다면 수명이 다하는 순간까지 녀석을 영원히 풀어 주지 않을 수 있다. 이 힘을 내가 소유할 수 있었다.

그러나 녀석을 내 안으로 종속시키는 것은 해답으로 가는 길에 속해 있지 않았다.

녀석을 풀어 줘야 한다.

그것을 알면서도 심각하게 망설였다.

미래를 보지 않았더라면 흑천마검이 의지를 지우고 의식을 봉인시킨 지금의 상태를 죽는 순간까지 유지했으리라.

쓴 침을 삼켰다.

그리고는 두 눈 딱 깜고, 흑천마검의 기운을 모조리 해방시켰다.

몸에서 빠져나가는 검은 기운을 느끼며 정면을 응시했다.

마기가 형체를 갖춘 곳이다.

'답을 찾았나? 애송이.'

흑천마검이 눈빛으로만 물었다.

'그래. 우주의 의지는 우리 편이었다.'

그 어느 때보다 분명하다.

아무 말 없이 몸을 돌렸다.

순백의 눈밭에서처럼 내 굵은 발자국이 사막 위에 꾹꾹 찍혀나가기 시작했다.

* * *

내가 이슬람 제국에 왔을 때, 번성한 교역 도시로 처음 마주했던 곳은 메르브였다. 화려한 도료로 칠한 돔 지붕과 여기저기 하늘을 향해 세운 높은 첨탑들이 가져오는 이국적인 풍경에 놀랐던 것으로 기억한다.

무(無)가 되어버린 이전의 시간대에서 바그다드에 비하면, 비록 초라하다 할 수 있지만, 그래도 메르브는 비단길에 위치한 교역 도시다웠다.

아라베스크 문양으로 멋을 낸 아치형의 성문. 성벽 안

으로 멀리 보이는 마스지드와 첨탑. 그리고 성문 밖, 직선으로 난 큰 길을 따라 좌우로 어지럽게 펼쳐진 교역 시장.

허리까지 축 쳐진 군용 배낭을 다시 끌어 올리며 그 풍경 안으로 걸음을 옮겼다.

램프를 파는 좌판을 시작으로 교역 시장이 시작되었다.

역용을 하지 않은 상태였다. 상인들뿐만 아니라 메르브에서 마실 나온 귀족들 그리고 그의 노예들, 메르브 시민들 모두가 나를 한 번씩 쳐다보곤 했다.

그래도 중원에서 온 상단들이 한 번씩은 지나쳤던 곳이라 나를 그렇게까지 경계하지는 않는다. 그저 외모가 다르고 복장이 다른 외국인이 궁금한 것뿐이니까.

좌판들을 기웃거리며 시간을 보냈다.

그러다 노점(露店) 하나에 들어갔다. 모래 언덕이 훤히 보이는 자리에 위치한 곳이었는데, 이전의 시간대에 한 번 와 본 기억이 떠올랐다.

노점 직원이 그때처럼 부랑배로 오인하기 딱 좋은 꼴로 나타났다.

그는 상의를 탈의하고 내의 없이, 낙타 가죽 만든 조끼 하나만 덩그러니 걸친 상태였다.

"뭘 드시겠슈?"

그는 참을성이 없었다.

"내가 뭐랬어! 우리말 할 줄 모를 거라 했지?"

그는 내 대답을 기다리지도 않고, 고기를 손질하고 있는 뒤쪽을 향해 외쳤다. 살짝 짜증이 나있는 듯한 얼굴이었다.

"아그라 셰르(국수의 일종)로 가져오시오. 낙타 기름 빼고. 향신료도 최대한 적게 넣어서."

내가 말했다. 어쩔 수 없이 발음이 엉성했지만, 그것으로도 사내는 크게 놀란 기색이었다.

"……. 그렇게 먹을 거면 안 먹는 게 낫지. 뭐 내가 먹는 건 아니니까."

사내는 혼잣말처럼 중얼거리며 사라졌다.

아직까지는 나 외에 손님이 없어서 테이블을 오랫동안 차지하고 앉아있다 해도 미안할 게 없었다. 낙타 기름과 향신료를 뺀 아그라 셰르를 앞에 두고 시간을 보냈다.

해가 질 무렵, 메르브 성벽 안쪽에서 종소리가 들렸다.

잠시 뒤, 마스지드의 전사들과 함께 나온 성자들이 불을 가지고 나와 시장 곳곳의 랜턴에 불을 밝히기 시작했다. 시장 상인도 만들어뒀던 모닥불 자리에 낙타 똥으로 만든 연료를 쑤셔 넣어 불을 피웠다.

성자들은 마스지드로 돌아갔다. 반면에 성자들을 호위하듯 나온 마스지드 전사 다섯이 노점 구역으로 들어왔다.

테이블에 시미타를 비스듬히 세워둔 그들은 나를 흘깃 쳐다본 후, 나와 같은 아그라 셰르를 주문했다.

뿐만 아니라 그들 또한 낙타 기름과 향신료를 빼 달라 요청했다. 노점 사내는 내게 투덜거렸던 것과는 달리 아주 공손한 자세로 그들의 주문을 접수 했다.

마스지드 전사 하나와 눈이 마주쳤다.

그가 나와 내 앞에 놓인 맹물에 가까운 맛없는 국수를 번갈아 쳐다보았다.

의외라는 감정이 그의 얼굴을 스치고 지났다.

그가 호의를 품은 얼굴로 내게 눈인사를 건넸다.

손님 하나 없던 노점이었으나 슬슬 저녁시간이 되면서 손님들로 북적거리기 시작했다.

그렇지 않아도 살짝 신경질이 난 눈으로 내게 눈치를 주고 있던 노점 사내가 내 앞으로 다가왔다. 그는 아무 말 없이 테이블 앞에 서서 나만 내려다보았다.

다 먹었으면 빨리 자리를 비워! 말은 없어도 그런 분위기가 일렁거렸다.

"멀리서 오신 분이라네."

나와 눈인사를 나눴던 마스지드 전사가 말했다.

노점 사내는 아무런 내색도 하지 못하고, 내 앞에서 사라질 수밖에 없었다.

한참 뒤.

북적거렸던 노점은 다시 조용해졌다.

해도 완전히 자취를 감췄다.

별무리를 쏟아 부은 듯한 아름다운 밤하늘이 펼쳐졌을 때였다.

내가 줄곧 지켜보던 사막 언덕 쪽에서 램프 빛들이 일렁거리며 나타났다.

작지도 크지도 않은 적당한 규모의 카라반 상단이 언덕을 넘어 메르브로 향하는 것이었다. 마침 노점은 시장에서 살짝 외곽으로 벗어난 구역에 위치해 있었다. 늦게 도착했어도 낙타를 메어둘 자리가 충분했다.

중(中)급 크기의 상단이 노점 구역에 낙타를 메어두기 시작했다. 노점 사내의 얼굴이 대번에 밝아졌다. 하지만 이내, 노점 사내는 뭔가 이상함을 눈치채고 상단 주인으로 보이는 중년 남자에게 걸어갔다.

"도적단을 만나셨수?"

노점 사내는 그렇게 물으면서도 이미 확신하고 있는 태도였다.

낙타 이십 마리를 끄는 중급(中級) 규모의 상단이라면 수행인원이 능히 낙타 수와 비슷해야 하는데, 그들은 고

작해야 네 명에 불과했다.

중년 남성과 아름다운 이슬람 미녀 그리고 호위 전사 둘.

"만났긴 만났지…… 하지만 신의 가호가 있었다오."

중년 남성이 그렇게 말하며, 성지가 있는 방향으로 새삼스럽게 절을 했다. 이슬람 미녀와 호위 전사 둘도 중년 남성만큼이나 경건한 표정이었다.

"인샬라."

노점 사내가 말했다.

그런 다음 낙타 꼬리털로 만든 쓸개로 테이블과 의자에 얹힌 모래 알맹이들을 털어냈다. 거기에 상단 일행이 앉았다. 하나같이 고생을 한 듯 한 몽골이나 예배 중인 수도사처럼 오묘한 표정을 짓고 있는 그들이었다.

상단 일행원들은 이국인인 나를 한 번씩 쳐다본 후, 내게서 관심을 지웠다.

"먹을 수 있는 만큼 먹고."

"날이 밝는 대로 마스지드에 들러 예배부터 드려요."

중년 남성과 아랍 미녀가 차례대로 말했다.

"약탈자들이 갑자기 절명한 것도, 추격대가 없었던 것도 모두 신의 은총입니다. 마스지드에 기부하실 때, 제게 지급해야 할 금액의 반절 또한 넣어주십시오."

"마찬가집니다."

두 전사가 말했다.

두 전사는 허리띠에 달린 시미타를 검집째 뽑아 테이블에 비스듬히 세워 두고, 생각이 많이 담긴 눈으로 밤하늘을 올려다보았다.

"아버지. 무엇을 파실 거예요?"

"알 라디퀴에 산 최상급 담배라면, 마슈하드까지 가는데 필요한 경비들이 그럭저럭 나올 게다."

"시세대로라면 그게 맞긴 해요. 그런데 낙타들이 많이 놀랐어요."

"신의 은총을 느낄 수 없는 동물들이니까."

"어쨌든 무게를 줄일 필요가 있어요. 알 라디퀴에 산 담배는 마슈하드에 가서 팔고, 여기서는 무에르에서 사들인 미브하라(향로)를 팔아요. 그리고 하로(향신료의 일종이자 이스마일 지역의 특산품)를 가지고 온 상인들이 있을 텐데 그것들을 사들이죠."

"미브하라를 처분하려면 며칠을 머물러야 할 텐데? 여기선 쉽게 구할 수 있는 물건이야."

"메르브의 아스케르(asker: 이슬람 제국의 지배 계층)께 넘기세요. 이 지역 시세보다 손해를 보겠지만, 그래도 우리는 이윤이 남잖아요."

"그런 식으로 처분하면 필요한 경비만큼 나오지 않을 거다. 전사 넷은 더 고용하니까, 담배를 팔아야 하는 게 맞다."

"낙타들이 놀라고 지쳤어요. 여기까지도 간신히 온 거예요. 말툰이 낙타들을 잘 다뤄서 가능한 일이었죠. 하지만 더는 힘들어요. 아버지. 미브하라를 계속 가지고 다니면 낙타를 더 구입해야 할 거예요."

"음……. 생각 좀 해 보자."

중년 남자는 고개를 내려트리며 오른손으로 이마를 받쳤다.

"네 식대로 계산해도 경비가 부족해. 이들과의 계약을 생각해 보거라. 우리는 호위 여섯을 유지하기로 하고 이들과 계약을 하였어. 네 식대로 계산하면……. 음……. 한 명을 고용한 비용이 부족해."

중년 남성이 계약에 대해 운운하자, 호위 전사 둘이 경청 하는 모습이다.

"그렇다고 어렵게 구한 동방 토기(土器)를 처분하자니……."

"유리그릇처럼 투명한 그릇 말이죠? 안 돼요. 아버지. 그 동방의 물건은 아버지에게 성내 영업권을 가져다 줄 거예요."

무엇을 팔까 고민하면서도, 상인 부녀 누구도 마스지드에 기부할 금액을 줄이자는 말이 없었다.

"제가 해결해 줄 수 있을 것 같습니다."

내가 끼어들 타이밍이었다.

비록 엉성한 발음이지만, 그래도 나름 유창한 그네들의 말이 내 입에서 흘러나오자 모두의 이목이 내 쪽으로 집중됐다.

"제국 말에 서투릅니다. 그래도 어렵지 않게, 천천히만 말씀하시면 대화는 가능합니다. 제가 두 분의 문제를 해결해 드리지요."

중년 남성의 시선이 빠르게 내 전신을 훑었다.

"아……. 괜찮습니다."

중년 남성이 얼떨떨한 상태로 그렇게 말하자.

"아버지, 한 번 들어봐요."

아랍 미녀가 눈빛을 반짝이며 말했다.

"듣자하니 마슈하드까지 가는 모양인데 무보수로 동행해 드릴 수 있습니다."

"마슈하드까지 가고 싶거든, 댁이야 말로 우리에게 수당을 지급해야 하는 거요."

말튼이라 불리는 전사가 어처구니없다는 듯이 뇌까렸다.

이전의 시간대에선 말툰이 내게 먼저 말을 붙인 적이 단 한 번도 없거니와, 그의 목소리를 들은 적조차 거의 없었다.

"미안한데 당신은 전사 같지가 않아요. 일행을 잃어버린 것이라면 솔직하게 말씀하셔야 할 거예요. 그럼 도와줄 용의는 있어요. 그렇지요 아버지?"

"글쎄다."

"위대하신 신께서 우리에게 베푼 자비를 생각해 보세요. 우리는 이 사람 하나쯤은 마슈하드까지 동행시켜 줄 수 있어요."

나는 고개를 설레설레 저으며 자리에서 일어났다. 그런 내 손에는 옆쪽 의자, 그러니까 그들의 시선에 미치지 못한 곳에 두어져 있던 청자운의 검집이 들려 있었다.

발검(拔劍)과 동시에 화산파의 매화검수들이 그러했듯, 기수식을 펼쳤다. 공력이 깃들지 않았어도 그들의 시선을 사로잡기에 충분히 화려하다.

휙이익. 휙휙.

허공을 가르는 파공음이 사납게 몰아친, 3초에서 4초 정도 밖에 지나지 않은 그 짧은 순간.

음식을 내오던 노점 사내마저 멍청히 서서 나를 멍하니 쳐다보고 있었다. 하물며 무도(武道)를 가고 있는 두 이슬람 전사의 놀란 얼굴은 말할 것 없었다.

창천세(蒼天勢)의 수법으로 하늘로 찔러 올렸던 검을 회
수했다.

청검이 검집 안으로 빨려 들어가다시피 들어갔다.

이 또한 인과율의 한 조각일 뿐……

"조……. 좋아요. 당, 당신의 제안을 받아들이겠어요."

이슬람 미녀, 나디아는 내가 보았던 미래에서처럼 똑같
이 말했다.

제4장

우연 혹은 필연

미래는 내게 승리의 길을 보여주었다.
비록 온전할지 않을지라도.

　우리는 메르브 시내에 위치한 카라반 사리로 자리를 옮겼다. 나는 무보수로 동행해 주겠다하였지만, 조하르는 그가 고용하고 있는 두 호위전사와 동일한 수당을 지급해야 한다고 하였다.

　그러면서 조하르는 테이블 위로 금화 열 개와 은화 열 개를 쌓듯이 두었다.

　세계는 멀리 떨어져 있으면서도 현물 가치는 비슷하게

추종하길 마련이다. 이슬람 제국의 금과 은의 가치 비율
이 중원과 동일한 1:20이다. 그러니까 성서의 말이 새겨
진 디나르 금화 하나가 디르함 은화 20개와 동일한 가치
를 지니고 있다는 말이다.

"총 210 디르함이네. 마슈하드에 도착하면 동일한 금
액을 지급하겠네."

카라반 상인 조하르가 사무적으로 말했다.

그 옆에서 나디아는 아라비아 숫자에 파묻혀 뭔가를 열
심히 계산 중에 있었다.

주변의 다른 이야기는 하나도 들려오지 않는 듯 오로지
계산에만 열중하고 있는 그녀의 모습이 신선하게 느껴졌
다. 비록 미래에서 본 장면이라 하여도, 그 장면들 모두가
꿈처럼 아련하였기 때문이다.

그러던 문득 나디아가 아무 말 없이 자리에서 일어났
다. 나디아의 눈빛을 받은 조하르도 따라서 일어났고, 두
부녀는 그렇게 1층 계단 밑으로 사라졌다.

말툰도 1층으로 내려갔다. 낙타를 돌보러 가는 것일 게
다. 내가 기억하는 그는 시간이 날 때마다 낙타들과 함께
하는 사나이였다.

"저쪽은 신경 쓰지 마. 나도 저치와 말을 트기까지 오
래 걸렸었지. 나는 타바이."

"정이라고 불러."

"정. 검을 다루는 솜씨가 아주 대단하던데. 실력만큼이나 지닌 검도 아주 좋더군. 동방의 명검을 보여줄 수 있나?"

타바이가 꽤 조심스럽게 물었다.

나는 테이블에 기대져 놓여있던 청검(淸劍)을 검집 채로 넘겼다.

타바이는 왼손에 검집을 쥐고 오른손으로 검병을 쥐어서 천천히 검을 빼냈다. 서서히 드러나는 검날 위로 그의 서글서글한 눈매가 반사되어 비쳤다.

타바이는 주변을 슬쩍 돌아봤다. 주위에 경계할 만한 사람이 없다는 것을 확인되자, 검집에서 검을 완전히 빼냈다.

"정말 좋은 검이야!"

타바이가 감탄했다.

"동방에는 이렇게 좋은 검이 많다지? 그것도 검인가?"

타바이는 검은 천에 감싸인 흑천마검에게로 관심을 돌렸다.

나는 대답 없이 손을 내밀었다. 다시 한 번 청검을 위에서부터 아래까지 훑어본 그는 진정으로 감탄한 표정과 함께 검집 채 넘겼다.

"이스마일에 있을 때 유명한 무희의 춤을 본적이 있었어. 이전부터 궁금했었지. 세간에 떠도는 소문대로 동방에서 온 자들이 모두 일당백의 전사들인지. 잠깐이었지만, 네가 보여준 그 솜씨는 마치 무희의 춤을 보는 것과 같았어. 동방에서 온 뛰어난 전사와 같이 일할 기회를 얻게 되어 위대한 신께 감사드린다네."

타바이가 계속 말했다.

"내게 궁금한 것은 없나?"

내가 말이 없어도, 그는 빙그레 웃으며 마음대로 떠들기 시작했다.

나와의 만남이, 동방에서 온 사내와의 만남이, 그는 즐거운 모양이었다.

타바이가 이렇게 잘 웃는 남자인지 몰랐다.

미안한 말이지만 내게 말툰과 타바이란 남자는 그저 한번 스치고 지나간……. 이름도 잘 기억나지 않는 그런 사람에 불과했었다.

"조하르는 양심적인 상인이야. 무보수로 동행하겠다는 네게, 구태여 우리와 같은 수당을 지급한 것만 봐도 알 수 있지. 그와 같은 고용주는 흔치 않아."

"너희들 같은 사내들도 흔치 않지. 뜬금없이 나타난 추레한 이국인에게 너희와 같은 수당을 지급한다는 데, 나

같으면 바로 발끈했을걸?"

"나는 상관없어. 네 실력을 인정하니까. 물론 실전을 두고 볼 일이지만……. 변함이 없겠지. 말툰도 인정할 수밖에 없었을 테고. 우리가 받는 수당이 어느 정도인지 알고 있어? 보아하니 여기에 온지 얼마 되지 않은 것 같은데, 그렇지?"

타바이는 내 몸에 걸쳐진 낡은 장포를 의식하며 계속 말했다.

"나는 이스마일에서 정예 군단의 보병으로 있었었지. 이스마일의 아스케르는 군단을 부인들보다 아끼는 자였어. 봉급이 아주 후하고 장비도 좋았어. 그 후한 봉급이 일 년에 920 디르함 이었단 말이야. 보통은 일 년에 400 디르함을 넘기기 힘들지. 이제 좀 감이 잡히나? 여기에서부터 마슈하드까지 보호하는 며칠의 대가로 조하르는 네게 420 디르함을 지급한다 하였어. 선수금인 그 반절이 네 앞에 놓여있고."

"큰돈이군."

"그렇다고 부담가지지 마. 조하르는 장사꾼이야. 물건의 가치를 정확히 꿰고 있어. 나도 네가 그만큼 받아도 될 실력을 가지고 있다는 걸 알아. 하지만 이것도 알아둬. 큰돈을 받는 만큼, 위험한 일이란 것을 말이야. 동방에서 온 친구."

"도적단과 만났었다고?"

슬픈 표정 위로 신의 은총을 느끼는 그의 표정은 이렇다 말할 수 없게끔 모호해졌다.

"그날, 신께서 우리를 부르시는 줄 알았어. 하지만 그것이 아니었어. 우리를 가여워하신 신께서 우리를 보살펴주셨지. 우리가 만났던 도적단은……. 평범한 것들이 아니었어. 할라를 수준급으로 수련한 자가 있었어. 할라에 대해서 알고 있나?"

"알아."

"의외군. 어쨌든 우리는 죽음을 코앞에 두고 있었지. 그러던 갑자기, 한 번에 대여섯 명씩 쓰러지는 것이 아니겠나? 눈 한 번 깜짝이고 났을 때는 도적단 전원이 죽어버린 상태였어. 어떻게 된 일이든 우리는 부랴부랴 낙타를 챙겨서 도망쳤어. 그것들의 움직임을 봤을 때, 그것들은 단순한 도적단이 아니라 군대와 같았거든. 탈주한 병사들이 도적으로 변한 게 아니겠어?"

타바이는 그때를 회상하면서 말했다.

"그럼 선발대가 있고 본대가 있기 마련인거야. 그게 바로 부랴부랴 도망친 이유야. 본대가 우리를 추격할 게 불 보듯 뻔했거든. 하지만 우린 이렇게 살아 있지. 본대의 추격은 없었어. 갑자기 죽어 버린 선발대와 추격이 없는 본대. 이것이야말로 신의 은총이지. 신의 은총이 없었다면…… 아마도 조하르는 목숨과 전 재산 모두를 빼앗기고, 우리들은 조하르의 아름다운 딸과 함께 노예로 팔려 나갔을 거야."

거기까지 말한 타바이는 크흠, 하고 헛기침을 했다.

"오해는 안 했으면 좋겠어. 우리는 수가 적었을 뿐 아니라, 상대는 훈련받은 군대였으며 할라를 익힌 자가 있었던 거였으니까. 흔치 않은 일이지."

타바이가 이런 사내였던가?

좋은 눈썰미를 가졌다.

그는 카라반을 습격한 도적단의 정체를 '군대'라고 인식하고 있었으며, 사실 그 말이 맞았다. 그네들을 습격한 도적단은 자하라의 병사들이었으니까.

"마슈하드에는 무슨 일로 가는 거야?"

"매우 중요한 일이 있어."

"찾는 사람이라도?"

"그런 건 아니야."

"음. 마슈하드로 간다니…… 동방에서 온 친구. 노파심에 하는 얘기인데, 네가 어디에 있는지 알고는 있지?"

"알아."

"안다고? 여기가 살라딘이 다스리는 땅이라는 것을?"

"그래."

"하긴. 먼 동방에서 왔다고 해도 그 정도는 알아야지. 다른 지역도 마찬가지이겠지만, 여기에서는 더더욱이 살라딘의 부하와는 부딪치지 마. 내 조언은 여기까지야."

"신경 써 줘서 고맙다."

"무슨 소리. 이제 시작이여. 하루가 끝나려면 멀었어. 네가 온 동방에 대해서 들려줘. 술값은 내가 내지."

"듣고 싶은 주제라도?"

"붉은 사막에 있는 전사들의 나라. 붉은 사막 속에 감춰진 신비한 열 개의 도시. 그리고 그곳을 다스리는 이교도들의 왕!"

타바이는 일말의 고민도 없이 곧바로 대답했다.

메르브에서 머무르기로 했다.

정오 무렵에 나디아는 그녀가 주장했던 대로 은으로 만든 향로를 팔기위해 아버지와 성 밖으로 나갔다.

한편 타바이는 어젯밤의 숙취로 아침 내내 고생하다가, 숙소에서 카라반 사리의 2층 홀로 겨우 기어 나왔다.

그는 내게 씩 웃어 보인 뒤 창밖으로 고개를 내밀었다. 그가 내려다보는 아래에선 이른 아침부터 낙타들을 챙기고 있는 말툰이 있었다.

"여어!"

타바이가 말툰을 불렀다. 말툰이 소리에 반응해서 고개를 올렸다. 그러나 별 관심이 없는 무심한 얼굴로 다시 낙타를 돌보았다.

타바이는 본인 소유의 낙타도 아니면서 정성스레 돌보는 말툰을 두고, 멍청한 놈이라고 중얼거렸다.

"저럴 시간에 수련을 했으면, 바그다드에 들어갈 수도 있었을 거야."

"그러는 너는?"

어젯밤의 만담으로 꽤나 친해진 우리였다.

일부러 남겨 두었던 음식들을 가리켜 보였다. 타바이가 기지개를 피며 내 앞에 앉아 고맙다고 말했다.

그가 빵과 흡사한 토속 음식을 집어 들어 덥석 베어 물었다.

"밖은 왜 저리 시끄럽지."

타바이가 입안의 음식물을 조물거리며, 거리가 보이는 창 쪽으로 시선을 옮겼다.

"높으신 분이 행차하실 모양이야."

내가 말했다.

"아스케르?"

"사람들이 그러는데 오늘 술탄의 사람이 온다고 하더군."

"뭐어? 술탄이라면……. 살라딘의 사람?"

놀란 타바이의 입에서 음식물이 더럽게 튀었다.

"누가 그래?"

"조하르."

"정확히 누가 온다는 거야?"

"모르지."

"젠장……. 아!"

타바이는 급히 제 손으로 입을 막은 뒤, 눈동자만 굴려 주위를 살폈다.

"오늘은 밖에 나가지 않는 게 좋겠어."

타바이가 말했다.

생사의 고비를 넘기고 모처럼만에 자유 시간을 가지게 된 사람이 할 말은 분명 아니었다. 역시나 그의 얼굴엔 아쉬움이 가득했다.

"너도 나가지 마."

"할 일이 있다."

"가만히 있어도 눈에 띄는 가리브(외국인)인데, 나갔다가 괜히 살라딘께서 보내신 분의 눈에 뜨이면 어쩌려고? 이정도로 행차를 맞이하는 거라면 아마도 살라딘께서 베이(bey:군 장교 혹은 소규모 관할 지역의 관료)를 보내신 거야."

나는 그런 타바이를 무시하고 자리에 일어났다.

"어딜 가려고? 내 말 들어. 내가 어제 뭐라고 했어?"

"마슈하드로 가기 전에 여기에서 할 일이 있어. 시간이 얼마 남지 않았어."

"지금은 저리 시끄러워도 조금 뒤에는 엄청 조용해질 거야. 거리도 한산해질 테지. 저 많은 사람들? 길을 다 닦고 나면 제집에 들어가서 문을 걸어 잠그고 나오지 않을 거라고."

"살라딘이 보낸 사람 때문에?"

"살라딘께서 보내신 분!"

타바이는 얼굴을 구기며 내 말을 급히 정정했다.

나는 고개를 끄덕였다. 그런 다음 계단을 내려가는데, 타바이가 먹던 음식을 내버려두고 내 뒤를 따라왔다.

"제국에 온지 얼마 안돼서 살라딘의 위엄을 잘 모르는 모양인데……."

"알아."

"젠장할! 살라딘뿐만 아니라, 살라딘께서 보내신 분들 또한 하나같이 두려워해야 한다고. 특히 너 같이 눈에 뜨이는 이국인일수록!"

무시하고 1층까지 내려왔다. 2층을 받치고 선 기둥 사이사이로 낙타들이 묶여 있었다. 말툰이 이쪽을 돌아보았다가 다시 쓱 고개를 돌렸다. 황급히 따라온 타바이가 말했다.

"그 중요한일이 대체 뭔데 그래?"

내가 필요한 돌은 역시 계단에서 왼쪽에 위치한 기둥 부근에 있었다. 주먹보다 약간 작은 크기였다. 그것을 오른손에 쥐어 들고 밖으로 나갔다.

살라딘 자하라가 보내올 사람 때문에 메르브 전체가 바빴다.

노란 호박이 중앙에 박힌 흰색 터번을 쓴 사내들, 마스지드의 전사들만이 유유자적 움직일 뿐이었다.

머릿속에 선명한 기억을 되짚으며 천천히 걸었다.

"해야 할 일이라면 후딱 해치워."

타바이가 말했다.

왜 그렇게 느릿하게 걷냐는 것이다.

그러거나 말거나, 나는 목적지까지 걸어갔다. 정돈이 끝난 길 중앙이었다. 그곳에 들고 온 돌을 내려놓았다.

대체 뭘 하는 거지?, 타바이가 그런 멍한 얼굴로 나와 길에 놓인 돌을 번갈아 쳐다봤다.

"이제 돌아가자."

내가 말했다.

"설마……. 이게 그 중요한 일…… 이라는 건 아니겠지? 동방에서 온 친구."

"맞아."

"장난해?"

"그럴 리가."

"동방에서는 이따위 장난질이 재미있나 보지?"

타바이가 신경질적으로 뇌까리면서 돌을 걷어찼다.

"아!"

놀라는 것도 잠시, 그가 걷어찬 돌이 골목길 사이로 사라졌다.

순간, 머릿속이 환해지는 기분이 들었다. 흐릿했던 기억이 선명해지는 순간이었다. 바로 이 순간을 위해 돌을 여기에 놓았었구나!

챙그랑!

무언가 깨어지는 소리와 함께 돌이 사라진 골목길 사이로 소란이 일었다.

"이거다!"

소란이 일어난 골목길로 뛰어 들어갔다.

*　　*　　*

와장창.

돌멩이가 사라진 곳에서는 뭔가 깨지는 소리가 났었다.

과연 흙으로 구워 만든 큰 항아리가 큼지막하게 깨져 있었고, 그 안에 들어있던 물이 새어나와 지면으로 스며들고 있었다.

"그러게 왜 그런 장난을 쳐서."

뒤따라 온 타바이가 말했다.

꿈처럼 희미한 기억을 떠올리려고 애썼다. 여기까지는 기억이 나는데 이 뒤는 생각나지 않는다.

간신히 짜 맞춘 기억 속에서 히잡(hijab: 이슬람 여성들의 전통 의복 중 하나)을 입은 중년 여성이 떠올랐다.

바로 그 순간.

미래에서 봤던 그 중년 여성이, 몸가짐을 바르게 해야 할 그네들의 풍습과는 다르게 허겁지겁 문을 열고 나타났다.

이랬어!

속으로 외쳤다.

깨진 항아리의 주인으로 보이는 그녀 역시 놀란 얼굴로 나를 쳐다보았다.

"놀라지 마세요. 부인. 이 가리브는 제 친구입니다. 항아리는 이 친구가 변상해 드릴 겁니다. 그렇지? 정."

타바이가 내 옆을 스쳐 나오며 말했다. 그럼에도 불구하고 중년 여성의 시선은 오로지 내 얼굴로만 고정되어 있었다.

"드, 들어오세요. 기다리고 있었습니다."

중년 여성은 그 말만 남기고선 가옥 안으로 사라져 버렸다.

타바이가 병 쪄서 나를 쳐다보았다. 타바이가 뭔가를 말하려고 하였지만, 나는 집게손가락을 입술에 대고 소리를 냈다.

쉬잇!

"여기서 기다려."

나는 중년 여성이 열어둔 문 안으로 들어갔다.

조촐하게 꾸며진 실내가 펼쳐졌다.

쟁반에 달싸한 향기가 나는 차를 준비한 중년 여성이 뒤쪽 방에서 거실로 들어왔다. 나는 그녀의 눈빛이 말하는 대로 낡은 융단에 앉았다.

그녀는 내게 찻잔을 건넨 후, 그녀 또한 찻잔을 들고는 내 앞에 조심스럽게 앉았다. 그녀는 침착하려고 노력하는 것 같았지만 그녀의 손에 들린 찻잔이 부들부들 떨리고 있었다.

히비스커스 꽃을 달인 차는 달콤하면서 사람의 마음을 진정시키는 효과가 있다.

차를 한 모금 들이킨 중년 여성의 드디어 입술을 뗐다.

"우리말을 하실 줄 아시나요?"

"예. 조금 어색하게 말해도 이해해 주시기 바랍니다."

"다행이네요. 말이 통하지 않으면 어쩌나 걱정했었습니다."

"저를 기다리고 있었다고요? 저 같은 이방인을 말입니까?"

"어떻게 말해야 할지……. 사실대로 말하자면……. 양모를 걸치신 분께서 정확히 오늘을 예지하셨어요. 제게 오늘, 물 항아리를 밖에 내놓으라 하셨죠. 그것이 깨지는 소리가 날 때 밖에 나가보면, 이국에서 온 젊은 사내를 발견할 수 있을 거라 하셨죠."

"바로 저군요."

"그래요. 바로 당신이 거기에 서 있었어요. 인샬라."

그녀는 그녀의 말처럼, 황홀경에 빠진 듯한 얼굴이 되었다.

"제게 남겼을 말이 있었을 텐데요?"

내 말에 중년 여성이 정신을 차리며 천천히 고개를 끄덕거렸다.

"한 말씀만 남기셨어요."

그녀의 이어질 말에 집중했다.

"마슈하드의……. 사키아(sakia:물레방아) 소리를 따라가라. 그렇게 전하라 하셨죠."

아!

마슈하드에서 무척 중요한 일이 나를 기다리고 있다고 흐릿하게 기억하고 있었는데, 바로 이것을 말하는 것이었다!

감사의 의미로 가죽 주머니에서 은화 다섯 개, 5디르함을 꺼내 그녀에게 주었다. 그런 다음 살람(salam:평안)의 인사를 나눈 다음 밖으로 나왔다.

타바이가 석재로 올린 벽에 등을 기대고 서서 나를 기다리고 있었다.

그는 나를 보자마자 벽에 가래침을 뱉었다

"퉤엣!"

그가 내 등을 떠밀며 발걸음을 재촉했다. 거리로 나온 타바이는 어둠에 잠겨 있는 골목을 뒤돌아보면서 내게 가르치듯 말했다.

"물 항아리를 깬 사람을, 가리브를, 더군다나 외간 남자를……. 집 안으로 들이는 여자를 뭐라고 하는지 알아? 미친년! 음탕한 년! 들어오란다고 함부로 들어가는 너는 뭐냐. 저년의 남편이 봤으면 넌 병든 나귀처럼 질질 끌려가서 율법 재판에 회부됐을 거다."

타바이가 한쪽을 턱짓으로 가리켰다. 그가 가리킨 방향으로 시민들이 터주는 길 사이를 걷는 마스지드 전사들이 보였다.

"앞으로 내가 하는 말을 가슴 깊이 새겨둬. 동방에서는 어땠는지 몰라도. 너는 무슬림의 나라에 있어. 우리말 조금 할 줄 안다고 전부가 아니라고. 배워야 할 게 많아. 내 말 믿어. 동방에서 온 어떤 무인이 율법 재판에서 어떻게 죽었는지 본 적이 있어."

과거의 기억에서 간신히 떠올린 그는 이렇게까지 잔소리 많은 사내가 아니었다.

그러나 그런 그가 고맙게 느껴졌다.

어느 세계에서나 그렇겠지만, 낯선 외국인에게 이렇게까지 호의를 베푸는 이를 만나기란 쉽지 않다.

"이렇게 된 거. 주흐르(zuhr:정오에서 오후 중반 사이) 예배까지 아직 시간이 남았으니까……. 따라와."

그가 나를 데리고 간 곳은 메르브 시가지에 있는 포목점이었다.

그곳에서 청자운의 낡은 장포 대신 아라비안 풍의 옷으로 갈아입고, 터번과 타부슈(터번 안에 쓰는 천 소재의 테가 없는 모자) 또한 구매했다.

터번과 타부슈를 쓰는 법을 내가 알고 있다고 하자, 그는 그 정도쯤은 당연히 알고 있어야지 하는 얼굴로 고개를 끄덕거렸다.

활동성이 편한 의복을 찾다 보니 내 차림은 어느덧 정마(正魔) 교도들의 행색과 비슷해져 있었다. 터번을 쓰고 통 넓은 얇은 바지를 입었다. 거추장한 겉옷 없이 카미(속옷과 겉옷 사이에 입는 옷)위로 낙타 가죽으로 만든 조끼를 걸친 꼴이 딱 그러했다.

그러던 문득, 시가지에 호각소리가 울려 퍼지기 시작했다.

길을 닦고 쓸고 있던 시민들 모두가 어리둥절해져서 주위를 두리번거렸다.

다다닥. 다다 다닥.

낙타 탄 이슬람 병사가 전속력으로 나타나 우리 앞을 스치고 지나갔다.

그가 일으킨 먼지바람에 통 넓은 바지가 펄럭거렸다.

"엎드려라!"

이슬람 병사가 위압적인 큰 소리로 시민들에게 외쳐댔다.

시민들이 황급히 길을 비켜서 엎드리기 시작했고, 타바

이도 나를 잡아끌었다.

　어서!

　벌써 지면에 엎드린 타바이가 눈빛으로만 소리쳤다.

　"메르브에서 행차하신 살라딘의 베이시다! 모두 고개를 조아려 존엄한 베이를 맞이하라."

　멀리서부터 시작된 목소리는 점점 더 커져갔고 호각소리도 많아졌다.

　병사들의 외침도 호각소리도 잦아드는 순간이 있었다.

　살짝 고개를 들었다. 시가지로 들어오는 무리를 바라보았다.

　창을 앞세운 낙타병들이 거리를 가득 채우며 들어오고 있었다. 그리고 그들이 탄 낙타보다 몸집이 더 큰 낙타가 그 뒤에 따르고 있었다.

　큰 낙타에는 화려한 아라베스크 문양이 금실로 새겨진 덮개가 얹혀 있었으며, 거기에 젊은 사내가 앉아 충분히 광오하다 할 표정으로 턱을 치켜들고 있었다.

　물론 후위에도 창으로 무장한 낙타병들이 따르는 것은 당연한 일이었다.

　낙타 위의 저 젊은 사내를 어디서 보았더라.

　정말 가물가물했다.

　녀석을 기억해 낸 건 거의 기적에 가까웠다. 그의 음경

(陰莖) 부위에는 원기가 머물고 있다. 그런 힌트조차 없었더라면 분명히 기억할 수 없을 만큼, 내게는 조금도 가치 없는 녀석이었다.

메르브에서 그리 멀지 않은 그곳.

자하라의 환락 별궁.

녀석은 거기에 있던 여섯 벌거숭이 중의 한 명이다. 그것을 기억해 낸 내가 용했다.

나를 보고 벌벌 떨던 그때의 모습까지 생각나 버렸다. 그런 녀석이 지금은 개선장군보다 근엄한 모습으로 시가지로 들어오고 있었다.

"어딜 봐."

타바이가 그가 지을 수 있는 가장 무서운 표정과 함께 내 머리를 눌렀다.

아아. 존엄한 살라딘께서 보내신 드높은 베이의 행차가 끝난 후, 우리는 카라반 사리로 돌아왔다.

말툰이 2층 홀 테이블에서 에이슈라고 불리는 속이 텅 빈 빵을 치즈와 곁들여 먹고 있었고, 다른 테이블에서도 나디아가 똑같은 음식을 앞에 두고 있었다. 성벽 밖 교역 시장에서 만족할 만한 장사를 한 것 같았다.

나디아가 기분 좋은 얼굴로 나를 손짓해 불렀다.

"잘 어울리네요. 잘했어요. 말하기 어려웠는데, 당신의 그 의복은 너무 눈에 띄었죠?"

나디아가 말했다.

"주흐르 예배 시간이 끝나고 마슈하드로 갈 거예요. 준비해 두세요. 제가 무슨 말을 하는지 이해하죠?"

나디아는 나를 의식해서 천천히 말했다.

"그럼요."

"그런데 마슈하드에는 무슨 일 때문에 가는 건지 물어도 될까요? 오해는 마시고요. 도와드릴 수 있는 일이 있으면 도와드리고 싶어요. 당신의 일행들을 찾는 건가요?"

"찾고 있는 사람은 있습니다. 반드시 만나야만 할 사람이죠."

"혹시 부인을 찾는다거나……."

"그런 건 아닙니다."

살짝 웃으며 손을 저었다.

"어쨌든 도와드릴 일이 있으면 언제든 말씀하세요. 마슈하드에 가서도요. 그러려면 성공스런 상행이 되어야겠지요?"

"아무쪼록 호의에 감사드립니다."

"우리 카라반을 사악한 자들로부터 지켜 줄 분이신데, 저야말로 감사하죠. 위대한 신께서 당신에게 행운을 내리시길."

"위대한 신께서 당신에게 행운을 내리시길."

숙소로 들어와서였다.

한시도 내 몸에서 떨어트린 적이 없던 흑천마검에게서 신호가 왔다.

우웅.

손아귀로 진동이 느껴졌다.

—대체 뭘 하고 다니는 거냐.

흑천마검의 음성이 머릿속에서 울렸다.

—네게서 확신을 느꼈다. 그래서 간섭하지 않으려 하였 건만.

—흐릿하지만……. 이건 아마도 우리가 나눠야 할 대화 겠지.

—뭔 소릴 하는 거냐.

—우리가 만나야만 할 사람이 있다.

*   *   *

마치 사춘기 소녀처럼, 그렇게 내 옆에 붙어서 간섭하 길 좋아했던 타바이도 이날 밤만큼은 조용했다. 나디아도, 조하르 또한 낙타 옆에서 묵묵히 걷고만 있었다.

저 높은 밤하늘의 영월이 일행들에게 침묵을 선사했다. 그렇지 않아도 이슬람 사람들은 달빛이 해롭다는 미신을 믿어왔는데, 오늘 밤 달빛은 그 어느 때보다 굵고 밝았던 것이다.

하지만 조하르는 해로운 달빛이 내려오는 밤하늘을 끊임없이 쳐다보며 걸었다.

그는 양손으로 받쳐서 들어야 할 만한 크기의 천문 도구를 낙타들만큼이나 소중하게 여겼다. 그것으로 시간과 방향 그리고 위치는 물론이고, 별들의 고도를 알 수 있다 하였다.

카라반 상단은 길 없는 사막에서 오로지 별에 의존하여 목적지에 찾아가야 한다. 그래서 라이스 아 툿자르(카라반 상단의 우두머리)들은 천문학에 능했으며, 당연히 역법과 지리학에도 학자에 필적할 지식을 지니고 있었다.

각설하고, 그날 밤에는 모두의 우려와는 다르게 아픈 사람이 나오지 않았다.

습격도 없었다.

다음날 사막이 끝나는 지점부터 황무지가 펼쳐졌으며, 비로소 마슈하드로 통하는 길이 우리를 맞이했다. 다른 카라반들과 마주치는 일이 잦아졌다. 그때마다 조하르와 나디아는 다른 카라반의 라이스 아 툿자르와 접선해왔다. 시세를 확인하고 수정하는 것 외에도 제국의 정세를 파악하기 위함이었다.

이번에도 그랬다. 조하르가 이끄는 카라반과 비슷한 규모의 카라반과 마주쳤을 때, 두 카라반의 수장은 누가 먼저라 할 것 없이 가장 믿음직스런 전사를 대동하고 가운데 지점에서 만났다.

조하르가 가장 신뢰하는 전사는 말툰이다. 필요한 말 외에는 하지 않는 과묵함을 지니고 있고, 제 자식마냥 낙타를 돌보기도 하지만.

"말툰은 맘루크(검노) 출신이야."

옆에서 타바이의 목소리가 들렸다. 그는 내 옆으로 다가오며 조하르가 탄 낙타와 함께 천천히 걸어 나가는 말툰의 뒷모습을 바라보았다.

내게 한 말이었는데, 그 말을 주워들은 무샤드와 오움마가 먼저 반응했다.

그 둘은 메르브에서 조하르가 추가로 고용한 호위 전사다. 말툰의 뒷모습을 좇은 둘의 눈빛이 새삼스럽게 달라졌다.

"하드라마우트(아라비아 반도 남부. 아라비아 해에 접한 지방)의 명망 높은 아스케르가 말툰을 거두었었지."

맘루크는 소중한 재산이다.

어린 노예들 중에 다방면으로 재능이 뛰어난 이들이 맘
루크로 거둬들여 진다. 그들에겐 풍부한 영양과 수준 높
은 교육이 제공되며, 성년이 되서부터는 거의 비서와 같
은 일을 수행하곤 하였다.

예컨대 맘루크는 노예 시장에 나오는 일이 거의 없다.
맘루크가 노예 시장에 내놓을 정도로 가문이 몰락하면 그
냥 맘루크를 해방시킬 정도로, 그들은 거의 의붓자식 대
접을 받았다.

잡부로 다루는 평범한 노예들과는 그렇게 격이 다르다.

단편적으로, 적지 않은 주인들이 친자식보다도 총애하
는 맘루크에게 재산과 직위를 상속하는 것만 봐도 알 수
있다.

"말툰이 속해 있던 가문은 몰락해 버린 모양이고?"

타바이가 두말하면 입만 아프다는 듯이, 어깨만 으쓱했
다.

카라반의 수장들끼리 대화를 나누는 사이 우리는 잠깐
의 휴식 시간을 가졌다.

무샤드와 오움마는 나를 어려워해서 내게 말을 붙이진
않았지만 타바이에게는 달랐다.

여유가 나자마자 그들은 별 시답지 않은 이야기, 이를

테면 곧 우리가 들어갈 마슈하드의 가와지(무희)에 대해서 타바이에게 떠들어댔다.

"그렇게나 아름답다고? 아무리 그래도 14디르함이라니 정도껏 해야지. 아름답다고 해도 기껏해야 몸이나 파는 주제에."

타바이는 콧방귀를 꼈지만, 그래도 몹시 궁금한 기색이 역력했다.

그때쯤이었다. 멀리서 나디아가 내 이름을 외치며 손짓해 불렀다.

주저앉아 있던 몸을 일으켰다. 엉덩이에 묻은 모래들을 털며 거기에 도착했을 때, 조하르가 이번에 접선한 카라반 수장에게 나를 소개시켰다.

멀리서 봤을 때에는 그저 중급 규모의 카라반이라 생각했었다. 관심이 없어서 주의 깊게 보지 않았으나 가까이서 보니 생각이 달라졌다.

사람들의 어깨너머로 깃발을 응시했다.

거기에 새겨진 칼리프, 이슬람 제국 황가의 인장이 또렷하게 보였다.

"이분은 사이드 공을 모시고 있는 아부 아드하 님이네."

"아드하요."

카라반의 늙은 수장이 말했다.

……. 음?

언젠가 본 적이 있는 자다.

사이드 왕자 아래 있는 사람이라는 점에서 힌트를 얻은 나는, 금은보화가 든 상자를 바치며 공손히 허리를 숙이던 그의 모습을 떠올릴 수 있었다. 그래. 본산에서였다.

"무슬림의 땅으로 온 지 얼마 되지 않았다 들었네만?"

발음만 엉성할 뿐 완벽한 중원의 말이 그의 입에서 흘러나왔다.

당연하겠지만 그는 혈마교 본당에서 내 얼굴을 제대로 쳐다볼 수 없었을 뿐만 아니라, 더더욱이 터번과 통 넓은 아라비안 풍의 바지로 환복한 나를 알아볼 리가 없었다.

"그렇소."

"정사(正邪), 어느 쪽의 사람인지?"

"그게 중요하오?"

"오해는 마시게. 동방에서는 그것이 중요하지 않나. 그래서 물은 것이네. 나는 어느 쪽이든 상관없네. 마침 여기에 동방에서 온 지 얼마 안 된 이가 있다 하여, 몇 가질 묻고 싶은 게 있어서 자네를 불러 달라 하였던 것이었네. 사례는 충분히 하겠으니 동방의 정세를 들려줄 수 있나?"

"무엇을 듣고 싶은 것이오?"

"붉은 사막이 안정되었는지 궁금한 것이네. 정사간의 전쟁이 완전히 끝났나?"

"끝났소."

"붉은 사막에 혈마교도 들이 남지 않았다는 말인가?"

"……. 그렇소."

늙은 수장의 고개가 설레설레 저어졌다.

"……. 믿을 수 없구만. 설마설마했는데 혈마교가 정말로 무너지는 날을 보게 되다니."

반응으로 볼 때 그는 거의 반평생을 중원으로 통하는 대상 무역을 이끌어 왔던 것 같다. 중원 정세에 빠삭한 만큼 본교의 위신 또한 모를 리가 없었다.

"하면 이제 길이 열린 것인가?"

"아마도 그럴 거요."

"어쨌든 알려줘서 고맙네. 무척이나 중요한 일이었지. 이걸 받게나."

그가 성서의 말이 새겨진 은화 몇 닢을 내 앞으로 내밀었다. 나는 그것을 받지 않고 포권해 돌아섰다.

이번 카라반 수장들 간의 대화는 전들과는 다르게 길어지고 있었다.

전사들이 따가운 햇볕에 지쳐 신경질이 날 때쯤 나디아가 먼저 돌아왔다.

그리고 저 멀리, 사이드 왕자를 섬기고 있다는 자에게 굽실거리고 있는 조하르의 모습이 보였다. 비굴하게 굽실거리는 게 아니라 너무도 감사해서 황공하다는 식이다.

그리고 보니 먼저 돌아온 나디아 또한 붉게 상기된 얼굴을 하고 있었다.

그날 밤.

낙타 똥을 태워 만든 모닥불을 중심에 두고 야영을 했다. 낙타들이 그르렁거리며 몸을 뒤척이고, 전사들이 몸에 해로운 달빛을 막기 위해 머리끝까지 덮여진 모포들 안에선 코 고는 소리가 나기 시작했다.

"아버지. 자요?"

나 역시, 가만히 눈을 감아 흐릿한 기억들을 짜 맞추고 있던 때였다.

"역시 위대한 신께서는 아래 사람을 부당하게 다루지 않으시는구나.(코란 '이므란 일가'의 장 제178절). 그간의 고생이 바로 오늘을 위해서였어. 신께서 아드하 님을 내게 보내셨어. 내게 행운을 주셨어."

귀에 대고 속삭이는 만큼 무척이나 작은 목소리였으나, 오감을 깨우고 있던 내게는 천둥소리같이 크게 들렸다.

"축하드려요. 아버지."

"축하는 이르구나. 아직 이룬 게 아무것도 없어. 중요한 건 지금부터다. 마슈하드에 도착하는 대로 전부 처분해서 병기를 사들여야겠지. 마침 지난 이십여 년간의 평화로 시세가 바닥이니, 모두 우리에게 헐값에 넘길 거다. 다른 카라반들은 우리를 비웃겠지만."

"하지만……. 만약 틀리면 어쩌죠? 칼리프께서 서방의 제국으로 군대를 보내시지 않으신다면, 우리는 파산이에요."

"딸아. 너무 쓸데없는 걱정을 하는구나. 또 파산이면 어떠랴. 우리의 재산, 생명 모두 위대한 신의 축복으로 이어 온 것이란 걸 잊었더냐. 그리고……. 아드하 님께서 내게 확신을 주셨다."

"확신이요?"

"그래. 전지하신 칼리프께서 미스르(이집트)에 있는 운하를 정비하기 시작하셨다는구나. 그리고 아드하 님이 동방으로 가는 것도 철괴를 매집하기 위함이라 하는구나."

"……."

"아드하 님께서 말씀하시길, 칼리프께서 지하드(juhad: 이슬람교를 전파하기 위해 이슬람교도들에게 부과된 종교적 의무)를 이행하시려 수십 년간 철두철미하게 준비를 하셨다 하였다. 딸아. 걱정하지 말거라. 우리가 상상할 수 없는, 거룩한 전쟁이 바로 코앞에 이르렀음이야."

"아버지."

"아드하 님을 만난 것은 우리에게 큰 장사를 하여 충실히 섬기라는 위대한 신의 뜻. 쌀사빌 강(이슬람에서 약속된 천국을 흐르는 강 중 하나)으로 이끄시는 위대한 신의 뜻인 게다."

"예. 아버지."

두 부녀의 깊은 대화는 거기에서 끝이 났지만, 흑천마검과 내 대화는 비로소 시작되었다.

—계속 생각했었다.

—무엇을?

—너도 알아보려 했을 텐데. 왜 항상 그 시간대로만 시간이 되돌려지는지.

—그래서?

—모래시계가 시간 축을 자유롭게 움직일 수 있다는 가정 하에, 칼리프에게 그 시간대는 무척이나 중요한 시간대인 것이 된다. '이 시간대만큼은 양보 못 해. 무슨 일이 있어도 이 시간 뒤로는 되돌릴 수 없다.' 그런 것이겠지. 내가 메르브에 들어서기 직전, 바로 그때. 그럼 그 시간대가 왜 중요하냐는 문제가 남지.

—…….

—모래시계가 감히 상상조차 할 수 없을 존엄한 실체라

는 것을 알고 있다. 하지만 그것을 소유한 자는 바로 인간
이지.

—그래서?

—이 제국 사람들은 모두 놈을 두려워한다. 사람들은
놈이 모든 것을 전부 다 아는 위대한 전지자(全知子)라고
생각하고 있더군. 놈은 수없이 시간을 되돌려 오면서, 그
가 이룩하고자 하는 거대한 목표를 향해 한 계단 한 계단
올라온 것이야. 수 없이 시간을 되돌려 실수들을 바로 잡
아 왔으니 사정 모르는 이가 보면 그가 신처럼 보였을 것
일 테고.

—인간 주제에 신이라니. 흥.

—영원한 삶? 계속 반복되는 시간의 굴레 안이라면 나
부터가 거절이야. 어쨌든 놈은 하나의 목표를 향해 달려
왔어. 그럼 놈의 최종 목표는 무엇인 것 같나. 아드하라는
늙은 카라반 수장이 말했던 것을 제외한다고 해도, 칼리
프 놈이 무슬림들의 황제라는 것만 봐도 그럴 것 같지 않
나? 성전(聖戰)!

—애송이. 그러니까 네 말은.

—내가 메르브에 도착할 시점에서, 성전을 완성시킬 모
든 준비가 끝난 것이 되겠지. 그리고 마지막 화룡점정(畵
龍點睛)으로 운하만 뚫으면 되는데 마침 본교의 교도들이

바그다드로 들어온 것일 테고. 그때까진 좋았을 거야. 마침 십만 명이나 되는 노예를 단번에 얻었으니까. 하지만 서쪽으로 성전을 일으킬 모든 준비가 다 끝났는데 뜬금없이 우리가 나타난 거였어.

　—크크큭. 하지만……

　—이제 억지로라도 잠을 자둬야겠군. 내일부터가 시작이니까.

　내일부터 우리는 '그자'에게로 이른다.

제5장

인과율의 정체

마슈하드에 도착해서였다.

모두들 교역 시장에서 짐을 푸를 때, 나는 전언(傳言)에서처럼 사키아 소리를 들을 수 있었다.

마치 나비를 쫓아 한 걸음 한 걸음 내딛는 어린아이같이, 흐릿한 기억을 떠올리며 소리에 이끌렸다.

촤악!

평상시였다면 물벼락 피하는 것쯤은 일도 아니었을 테지만, 물에 흠뻑 젖은 머리카락을 쓸어 넘기며 고개를 옆으로 돌렸다.

"어머나!"

내게 물을 끼얹은 여인은 아마도 가정에 쓴 더러운 물을
거리에 버리려던 것 같았다.

"괜찮습니다."

몸에서 냄새가 났다.

하지만 정말로 상관없었다.

다만 계속해서 그때 정확히 물레방아 소리가 딱 멎지 않
았더라면, 갈아입을 옷을 주겠다는 여인을 따라 그녀의 집
으로 들어가는 일은 없었을 것이다. 타바이가 충고했던 대
로 말이다.

여인은 죽은 남편이 입었던 것이라며 붉은색 카미(속옷
과 겉옷 사이에 입는 옷)를 내게 건넸다. 죽은 남편을 회상
하는 슬픔 잠긴 눈을 보자니, 그녀의 성의를 무작정 거절할
수도 없었다.

그래서 그 옷으로 갈아입고 나와 물레방아 소리를 찾기
위해 시가지를 돌아다녔다.

그런데 카미 안감에서 계속해서 뭔가가 걸렸다.

안감을 뒤집은 나는 거기에서 꿰매진 뭔가를 발견했다.

아! 이런 식이었던가?

"이건?"

지도였다.

구주일일이 만들었던 보도(寶圖)처럼 그 지도만 봐서는

어디를 가리키는지는 알 수 없지만 말이다.

그때였다.

갑자기 뒤에서 바로 등 뒤에서 들려오는 소리가 있었다.

"거기는 아마……?"

고개를 옆으로 돌리자, 내 어깨 옆으로 빼꼼히 내밀어 진 나디아의 얼굴이 보였다.

＊　　　＊　　　＊

돌을 놓기 전까지만 해도 타바이가 그것을 차서 항아리를 깨트릴 줄 몰랐다.

물레방아 소리를 따라갈 때까지만 해도 갑자기 오물을 뒤집어쓸 줄 몰랐다.

하물며 죽은 남편의 옷이라고 받은 카미 안에서 지도를 발견하게 될 줄은 당연히 몰랐으며, 마슈하드까지 동행한 나디아가 지도가 가리키는 위치를 알고 있을 줄 또한 몰랐다.

'그'에게 이르는 길은 우연으로밖에 닿을 수 없으면서도, 역설적으로 필연(必然)인 길이었다.

＊　　　＊　　　＊

끊임없이 모습을 바꾸는 사막 언덕을 넘고 쩍쩍 갈라진 황무지의 와르디(고갈된 하천)를 지나 지도에 표시된 목적지에 도착했다.

그런데 나디아에게 듣던 것과는 전혀 다른 풍경이 펼쳐졌다.

'거기엔 아무것도 없을 텐데.'

'어디인지 압니까?'

'그럼요. 제 고향에서 멀지 않은 곳이라. 정. 그 지도는 어디에서 난 거예요? 보물 지도 같은 건가요?'

'그런 건 아닙니다. 다만 제가 찾고 있는 사람을 만날 수 있는 곳이죠.'

'거긴 사람이 살 만한……. 아니 생명이 없는 곳이에요. 딱정벌레 하나 찾아볼 수 없는 저주받은 땅이에요. 그래서 카라반은 물론이고 그곳의 소문을 들은 자들이라면 그곳을 지나치지 않아요.'

'가는 길을 알려주시겠습니까?'

하지만 내 앞에는 종려나무가 고개를 빼꼼히 내밀고 있고 머리 위로는 타마리스크(위성류과의 낙엽 활엽 교목) 가지가 거미줄처럼 뻗어 하늘을 가리고 있었다.

제비 한 마리가 어디선가 튀어나와 빼악 울면서 숲을 가로질렀다. 배와 가슴이 벽돌색인 그 제비 뒤로, 짝으로 보이는 또 다른 제비가 뒤따랐다.

　비록 초록으로 어우러진 울창한 숲은 아니다.

　하지만 지금껏 내가 보았던 여느 숲들보다 영묘한 기운이 자욱하게 퍼진 곳이었다. 그래서 비록 수가 적더라도, 숲과 함께하고 있는 생명이라면 하나같이 건강하게 느껴졌다.

　듣던 것과는 판이하게 다르다.

　혹 잘못 온 건가 싶어 하늘로 치솟았다.

　주변 지형과 지도를 대조해 보았으나, 이곳이 맞았다.

　저 멀리.

　숲 중앙 부근에 석회암으로 이루어진 큰 암산이 칼날처럼 치솟아 있었다.

　절벽을 따라 시선을 더 올려다보면 하늘에 닿을 듯 높이 올라간 봉우리가 보인다.

　그리고 봉우리 끝에는 날개 달린 천사들이 함께해도 전혀 이상치 않을 햇빛 한 줄기가 구름 사이에서부터 비스듬히 내려와 있었다.

　그 성스러운 광경을 보고 있노라면, 어디선가 아잔(adhan: 이슬람 신도들에게 예배 시간을 알리는 소리)소리가 아아아아, 루루루루 하고 들리는 것 같았다.

"여기는 성지(聖地)다."

감탄할 수밖에 없었다. 내가 기독교인이라면 성호를 그었을 테고 무슬림이었다면 메카를 향해 절을 했을 거다.

이슬람 제국에는 카프 산의 전설이 내려온다. 카프 산은 세계를 둘러쌌다고 여겨지는 전설 속의 산인데, 실제로 현존하고 있다면 바로 내 눈앞에 펼쳐진 전경과 같지 않을까 하는 생각이 들었다.

그다음부터는 요염한 우드(ud: 아라비아의 대표적 발현 악기)의 음율에 이끌리듯 암산을 향해 걸어갔다. 솟구치거나 뛰지 않고 차분하고 경건하게 걸어갔다.

암산이 시작되는 지점에 이르렀을 때.

하울(남성 댄서)처럼 대지를 사뿐사뿐 밟으며 뱅글뱅글 돌고 있는 한 노인을 발견했다. 배꼽까지 내려온 흰 수염이 회전 반경을 따라 휘휘 돌고, 그가 아무렇게나 걸친 양모(羊毛) 또한 펄럭여댔다.

대수롭지 않게 보면 제자리에서 뱅그르르 돌고 있는 것처럼 보이지만 구도(求道)의 길을 가고 있는 자라면 느낄 수 있을 것이다. 노인이 지금 무아(無我)의 경지에 이르렀다는 것을 말이다.

넋을 잃고 노인의 춤을 바라봤다. 그저 바라보고 있는 것만으로도 노인과 함께 황홀경에 도달할 수 있을 것만 같았다.

내가 낙엽을 밟지만 않았어도 어쩌면 그랬을지도 모른
다.

부스럭.

아주 작은 그 소리에 노인이 춤을 멈추고 나를 돌아봤
다.

노인은 쿠르드계 사람이었다. 구릿빛 피부 위로 도드라
진 그의 에메랄드색 눈동자가 무척이나 크게 다가왔다. 멀
리 있음에도 불구하고 바로 코앞에서 마주하고 있는 것 같
았다.

노인에게 다가가서 말했다.

"죄송합니다."

"느낄 수 있었습니까?"

"예."

"조금이라도 신께 이를 수 있었다면, 그것으로 되었습니
다. 자. 이쪽으로."

노인은 구불구불하며 좁은 산길로 나를 안내했다. 그렇
게 들어간 바위굴은 칠흑처럼 어두웠다.

서서 걸을 수 있을 정도의 높이가 조금씩 줄어들었다.

허리를 숙여야 했고.

조금 더 지나서는 팔꿈치를 바닥에 대서 포복 자세로 기

어야 할 만큼 좁은 통로로 변했다.

이윽고 산도(産道)를 뚫고 자궁 밖으로 나온 갓난아기처럼 눈으로 쏟아지는 새하얀 빛을 받으며 밖으로 몸을 던질 수 있었다.

눈을 비벼 눈동자 속으로 번진 빛을 지워냈다.

주위를 돌아보았다.

천장은 뻥 뚫려서 창공이 보이고 높게 치솟은 암벽이 원형으로 위치했다. 암산 봉우리에서부터 중턱에 이르기까지 커다랗고 깊게 구멍을 뚫어 만든, 기이한 홀 안이었다.

정확히 팔방(八方)으로 여덟 개의 방으로 통하는 나무문이 닫혀 있었다. 그리고 커다란 홀 중앙에는 덩그러니 마스터바(mastaba:돌의자) 두 개만 놓여 있었는데, 이상할 정도로 존재감이 상당했다. 여느 집기 하나 없이 돌의자 두 개가 전부. 그러나 커다란 홀은 그것만으로도 가득 찬 것처럼 느껴졌다.

우리는 각각 돌의자 하나씩을 차지하고 앉았다. 서로를 마주 보고 있는 꼴이 되었다.

"우연이면서도 필연인 길을 걸어 이곳에 닿았습니다. 길면서도 짧은 시간이 나를 이곳으로 이끌었습니다. 여기는 어디입니까?"

내가 물었다.

"친구여. 잘 오셨습니다. 사람들은 나를 수피(이슬람의 신비주의자)라고 부릅니다. 그것으로 대답이 되었습니까?"

'수피'란 존재에 대해서는 자세히는 아니더라도 어렴풋이 알고 있었다.

수피.

그들이 믿는 신에게 더 가까이 근접하기 위해, 정통에서는 벗어난 독특한 의식과 수련을 하는 자들.

피조물 모두의 신성이 '신'임을 깨닫고, 신과의 합일을 직접적으로 추구하는 자들.

"그렇군요."

묵묵히 고개를 끄덕였다.

어떻게 보면 이들의 수행 방법은 불가(佛家)와 많이 닮아 있다 할 수 있었다.

다만 수피에게는 이렇다 할 기운이 느껴지지 않았다. 할라를 중심으로 하는 왕성한 원기의 움직임도 없고, 당연하겠지만 단전은 제대로 만들어지지도 않았다.

그럼에도 불구하고 수피의 눈동자 안에선 구도자(求道者) 특유의 형용할 수 없는 불가사의한 힘이 느껴지고 있었다.

그 눈빛은 마치 내가 발가벗겨진 듯한 느낌을 받게 만든다.

수피가 가만히 나를 쳐다보고 있다가 말했다.

"당신이 우리에게 이른 것이 우리 종단에게 어떤 의미인지 아십니까? 친구여."

"글쎄요."

"당신은 해답을 가져왔지만, 그 이상의 질문을 우리에게 던지고 갈 겁니다."

나는 수피가 응시하는 방향을 따라 시선을 옮겼다. 내 오른손에 쥐어진 흑천마검이 시야 안으로 들어왔다. 비록 검은 천에 돌돌 말려 있지만, 수피 또한 흑천마검의 존재를 느끼고 있는 게 분명했다.

"문제는 둘째 치고, 제가 가져온 해답이 무엇인지 궁금하군요."

내 말에 수피의 이마 위로 굵은 주름들이 갈라졌다. 그가 조금 고민하는가 싶더니, 천천히 입을 열었다.

"칼리프가 무나피쿤(거짓 신자)임이 확실해진 것입니다."

수피는 마치 자기의 치부의 드러내는 것처럼 무척이나 어렵게 말했다.

"칼리프가 무나피쿤이 아니라면 신께서 당신을 우리에게 인도하지 않으셨을 겁니다. 친구여."

"당신은 칼리프가 무슨 짓을 하고 있는지 알고 있지는

않군요? 그러면서도 그를 두고 고민해 왔다는 것입니까? 선불리 이해가 되지 않는군요. 아무래도 우리의 대화는 여기까지인가 봅니다. 내가 만나야 할 사람은 당신이 아닙니다."

수피는 담담히 고개를 끄덕이며 자리에서 일어났다. 그가 홀 구석으로 자리를 옮겨, 의미를 알 수 없는 말을 계속해서 반복하기 시작했다. 낮고 굵은 목소리가 웅웅거렸다.

그러던 그때.

팔방에 위치해 있던 나무문 여덟 개가 동시에 열렸다.

기껏해야 허리에 닿을만한 크기의 작은 여자아이였다. 수피와 똑같은 크기의 양모를 어깨에 걸쳐, 양모가 바닥에 질질 끌리고 있었다.

신기하게도 나무문 여덟 개를 열며 나타난 여자아이 모두가 똑같이 생겼다.

똑같은 표정들로 똑같은 눈빛들로 나를 바라본다. 순간적으로 멍해진 나는 여덟 명의 여자아이들을 하나하나 쳐다보았다.

몇 번을 보아도 다른 구석 하나를 찾아볼 수 없다. 심지어는 미간으로 흘러내려 온 머리카락 숫자와 모양, 볼에 붙어 있는 모래알맹이까지 그러했다.

인간 복제를 해서 놔둔 것처럼 틀만 똑같은 게 아니다.

마치 모두 동 시간대에 위치한 같은 사람들인 것처럼 느껴졌다.

그렇다고 분신술을 쓰는 것도 아니었다.

한편, 한쪽으로 빠진 수피가 중얼거리는 소리가 어느 순간 들리지 않고 있었다. 입모양으로 봐서는, 그리고 성대의 움직임으로 봐서는 분명히 음성이 나오고 있는 것인데 어떤 소리도 들리지 않는다.

이건 단순한 혼란이 아니었다. 황홀경(恍惚境)에 이르는 과정의 어느 쯤이라 생각이 들만큼 정신이 몽롱해지기 시작했다.

비록 흐릿하지만 분명히 봤었던 미래들이 뇌리를 주마등처럼 스쳐 지나간다. 그러다 모든 게 환해지는 순간이 찾아왔다.

비로소 수피가 중얼거리는 소리가 다시 들리기 시작한 그때, 나는 내가 만나야 할 '그'를 찾았다. 시계 방향으로 치자면 3시쯤에 위치한 어린 소녀가 내가 만나야 할 사람이었다.

하나같이 똑같은 8명 중, 딱 그 소녀를 향해 걸어갔다.

"너를 찾아왔다. 아마도 내가 나를 이끈 것이겠지만."

이름이 아마…….

"라쿠아."

내가 말했다. 소녀의 이름은 라쿠아. '기도'라는 뜻이다.

그런 내 말에 라쿠아가 빙그레 웃었다.

"정. 너에게 길을 들려주기 전에 듣고 싶은 대답이 있어."

라쿠아가 나이(nay:피리 형태의 관악기)와 같은 깨끗한 목소리로 말했다.

"무엇이지요?"

나는 처음과 다르게 경어로 대답했다.

라쿠아는 소녀의 형상을 띄고 있어 이제 일곱 살 정도로밖에 보이지 않는다. 하지만 그것은 형상일 뿐, 그녀의 영적 나이가 겉으로 보이는 것과 다르다는 것을 느끼고 있었다.

"만약 칼리프와 동일한 힘을 단 한 번, 쓸 수 있게 된다면 어떻게 할 거야? 넌 아마도 그 힘을 쓰겠지?"

"그렇겠지요. 그럴 수밖에 없을 겁니다."

솔직하게 대답했다. 그래야만 했다.

"어떻게? 언제로 되돌고 싶어?"

"그야 당연히 ……."

혈마교가 삼황을 필두로 한 정파인들의 습격을 받기 전을 떠올렸다.

그렇게 대답하려고 했다.

색목도왕이 삼황 아래 구금되지 않은 그때, 혈마군이 일어났지만 패퇴하지 않아 본교의 모든 힘이 군사적으로 집약된 바로 그때!

그때로 되돌아간다면, 내가 없는 사이 본교를 불태우고 교도들을 뿔뿔이 흩어지게 만든 세 명의 은거기인과 정파를 응징할 수 있다.

비록 칼리프를 응징하는 것이 미뤄지더라도, 그때는 내가 지켜야하고 사랑할 사람들이 모두 살아있는 순간이기도 했다.

하지만.

한 사람이 떠올랐다. 언제나 내 가슴 깊숙한 곳에 자리한 사람이었다.

"아……."

그립고 그리운 내 연인 설아.

꽃 같은 나이에 비명(非命)에 가버린 그녀…….

만일 진실로, 시간을 되돌릴 수만 있는 능력이 주어진다면…….

나는…….

설아가 나를 보며 웃어줄…….

그때로…….

돌아갈 것이다.

　　　　　＊　　　　＊　　　　＊

　"내 연인이 살아 있을 때, 그때로 돌아갈 겁니다."

　그렇게 말하는데 뜨거운 뭔가가 뺨을 타고 흘러내렸다. 나는 한 손으로 얼굴을 쓸어내린 뒤 라쿠아를 바라보았다.

　"그래?"

　라쿠아는 내 대답이 만족스럽다는 듯이 빙그레 웃었다.

　진정하려고 해도 계속해서 울컥거리는 것이 쉽지 않았다.

　"그런데 라쿠아님도 칼리프가 시간들을 무로 되돌려 왔다는 것을 아시고 계시는군요."

　떨리는 목소리로 말했다.

　언뜻 납득이 가지 않는 이야기다.

　흑천마검이야 존엄한 존재고, 나야 기연이 있어서 무가 되어 버린 시간대를 인지하게 되었다지만.

　수행이 깊다 해도 라쿠아는 한낱 인간에 불과하지 않은가.

　"그야, 그것 외에는 지금의 인과율을 설명할 방법이 없으니까."

　돌의자에 앉아 있는 라쿠아가 바닥에 닿지 않는 발을 흔들흔들거리면서, 천상 어린아이 같은 행동을 보이며 말했다.

그때쯤 해서 라쿠아와 똑같이 생긴 일곱 소녀는 들어왔던 문으로 사라지고 없었다.

"그렇습니다. 칼리프는 계속해서 시간을 무로 되돌려 왔습니다. 본인의 임의대로 인과율에 계속해서 간섭해 왔지요."

"너는 그게 신의 뜻일지도 모른다고, 생각해 본 적은 없어? 뒤틀린 인과율에 우리는 혼란스러워하지만 사실 그게 신의 뜻이었다면?"

흑천마검도 그렇게 말한 적이 있었다. 하지만 이제는 대답을 알고 있다.

"그랬다면 우리는 만날 수 없었을 겁니다."

"맞아. 너는 우리 종단에 해답을 주었어. 그전까지만 해도 우리 종단은, 특히 나는 혼란스러웠어. 칼리프가 인과율에 간섭하고 있는 것처럼 보였지만, 그 모든 게 성전으로 향하는 길이었어. 네가 오지 않았더라면 우리는 신의 뜻이라고만 생각했을 거야."

라쿠아가 계속 말했다.

"하지만 이제는 확실해졌어. 칼리프가 인과율에 간섭하는 건 신의 뜻이 아니야. 무나피쿤이 위대하신 그분의 권능에 도전하고 있는 거지. 유해를 불태우지 않더라도, 그분의 권능에 도전한 죄로 심판의 날에 부활하지 못할 거야."

라쿠아의 얼굴에 머물러 있던 웃음기가 싹 지워졌다. 흑천마검에게서만 느꼈던 한기(寒氣)가 어린 소녀의 형상에서 뻗어 나왔다.

순간적으로 소름이 돋았다.

그러나 내색하지 않고 라쿠아와의 대화를 머릿속에서 정리했다.

"그런데 라쿠아님은 제가 올 거라는 것을 알고 있었습니까?"

"우리는 만날 수도 있었고, 그렇지 못할 수도 있었어. 모두 신의 뜻에 달렸었지. 우리의 만남을 확신하고 있었다면 칼리프를 두고 고민하지 않았을 거야."

"저와의 만남을 예지하셔서 안배를 남기신 게 아니었습니까?"

라쿠아의 미간이 살짝 접혀졌다.

"너는 나를 어떻게 찾아온 거지? 말해줘. 칼리프도 나를 찾지 못해."

"시작은 메르브의 한 거리에 돌을 놓는 것이었습니다."

그렇게 길지도 않았다.

일행이 돌을 차서 항아리가 깨졌고, 항아리의 주인이 수피가 남긴 전언을 내게 들려주었고, 그래서 향하게 된 마슈하드에서 뜬금없는 물벼락을 맞아 옷을 갈아입었더니 그 안에 지도가 있더라.

"맞아. 그 전언은 내가 남긴 안배였어. 그런데 내가 궁금한 것은 그게 아니야. 어떻게 그 길 한가운데에 돌멩이를 놓을 생각을 했냐는 거지. 너는 의도적으로 거기에 돌을 놓았잖아. 그지?"

"전부 아시는 게 아니었습니까?"

그러나 라쿠아가 대답하지 않아, 나는 말을 이어 나갔다.

"저는 미래에서 보았던 대로 했을 뿐입니다. 제가 본 미래는 당신에게 이르는 길이었습니다."

"미래를 보았어? 내게 이르는 길까지라면 단몽(短夢)이 아니었을 텐데?"

"긴 꿈과 같았습니다. 어떤 장면은 흐릿하고 어떤 장면은 선명하지만 하나로 이어진 길고 긴 꿈이었습니다. 아! 거기에서 우리는 지금과 똑같은 대화를 나누고 있었습니다."

"그렇구나. 그럼 내가 이제 무엇을 말할지도 알겠네?"

"오로지 신만이 아시는 '사라진 시간대'에 대해서 말씀하실 겁니다."

"그래. 이제야 모든 게 분명해지는구나. 네가 보지 못한 미래가 있었어."

"예……. 생각하고는 있었습니다."

내가 본 미래는 '라쿠아에게 이르는 여정'이었다. 미래의 나는 메르브 길바닥에 돌에 놓았고, 거기에서부터 시작된 필연적인 우연을 따라 라쿠아를 찾아왔다.

그런데 주목해야 할 점은 내가 본 미래를 이야기로 치자면 이것이 결말에 해당한다는 것이다. 발단, 전개, 위기, 절정이 빠져버렸다.

칼리프에게 승리를 하기 위해서는 라쿠아와 만나야만 하는 것 같다. 그런데 왜 라쿠아와 만나야 승리할 수 있는지, 메르브의 길바닥에 돌을 놓는 것이 왜 라쿠아에게 이르는 길인지, 그것들을 어떻게 알게 되었는지에 대한 이야기 전부가 빠졌다.

분명히 무수히 많은 시행착오들이 있었을 텐데, 세 번째 눈은 과정 없이 결론만 보여주었다.

그런데 가만히 생각해 보면 그럴 수밖에 없다. 왜냐하면 내가 본 미래의 나는 '미래를 보고 난 후의 나'였으니 말이다.

즉, 내가 미래를 보는 그 시간대를 A, 세 번째 눈을 통해 보고 있는 시간대를 C라고 쳤을 때.

A와 C사이에 있어야 할 시간대인 B가 통째로 사라진 꼴이 된다.

B는 존재하지 않지만 존재할 것으로 가정되는 시간대이다.

그것이야말로 시간의 역설이면서도, 인과율의 정체라 할 수 있지 않은가!

"그래. 너와 나는 만났었어. 누구에게도 허락되지 않은 시간 속에서……."

라쿠아의 깨끗한 목소리가 잔잔하게 흘러들어왔다.

우리는 한참 동안 말이 없었다. 서로 생각할 것이 많았기 때문이다.

노랫소리 같기도 하고, 마술 주문을 외우는 것 같기도 한 수피의 반복된 음성만이 홀 안을 맴돌고 있었다.

머리 위로 뚫린 창공에서 햇볕이 성스럽게 내려오는 가운데, 생각에 잠긴 라쿠아의 모습은 성녀의 환생이라고 해도 틀린 말이 아니었다. 그녀가 걸친 누추한 양모 속에 천사의 날개가 감춰져 있는 것은 아닐까, 하고 생각했다.

그러던 라쿠아의 눈꺼풀이 천천히 떠졌다.

"라쿠아님. 제게 칼리프를 막을 수 있는 방법을 알려주십시오."

"너를 뭐라고 불러야 하지?"

내게 한 말은 아니었다.

나는 라쿠아의 시선이 향한 곳으로 등을 돌렸다.

흑천마검이 긴 머리칼을 늘어트린 채 서 있었다.

머리카락 사이로 보이는 녀석의 섬뜩한 붉은 눈동자. 벌써 핏빛 기운이 꿈틀꿈틀거리며 이마 위까지 치솟고 있었다.

라쿠아를 바라보는 흑천마검의 눈빛이 여간 사나운 게 아니었다. 녀석에게서 라쿠아를 향한 감출 수 없는 적의(敵意)가 느껴졌다.

그러나 라쿠아는 조금도 신경 쓰지 않는 기색이었다.

"위대하신 흑천마검님이라고 불러라. 여기에서는 그렇게 불리니."

라쿠아가 꺄르르 웃음을 터트렸다. 흑천마검의 얼굴이 와락 구겨졌다.

"누구는 너를 마리다(마령魔靈)나 샤이탄(shaytan:악마)이라 부르겠지. 하지만 나는 네가 음험하고 간악한 그것들과는 본질이 다르다는 걸 알고 있어. 그렇다고 진(jinn:정령)도 아닌걸. 너는 위대한 신을 섬기고 있니?"

"크크큭. 이 몸에게 감히 너희들의 신을 섬기냐고? 가소

롭기 짝이 없군."

라쿠아가 또 꺄르르 웃었다.

"너는 참 부끄러움을 많이 타는구나. 쑥스러워서 말을
하지 못하지만 나는 네가 누구보다도 신을 신봉한다는 걸
알아. 그러니까 그렇게 칼리프에게 화가 많이 났지."

섭리, 우주를 움직이는 유일한 의지, 인과율 그런 것들을
'신'이라 부른다면 라쿠아의 말도 맞기는 하다.

하지만 라쿠아는 흑천마검의 진정한 정체를 모르고 있
다.

녀석과 합일을 해 본 적이 없기에, 감히 추측조차 못 할
것이다.

"……."

어쩌면 알고 있으면서도 흑천마검의 존재를 부정하고 있
는 건지도!

　　당신은 해답을 가져왔지만, 그 이상의 질문을 우리
　에게 던지고 갈 겁니다.

비로소 나는 수피가 했던 말의 저의를 깨달을 수 있었다.

"칼리프가 위대한 신의 권능에 도전하지 못하게 하고 싶
지?"

라쿠아가 흑천마검에게 물었다. 그러나 흑천마검은 대답할 가치도 없다는 듯이 마검의 모습으로 돌아가 버렸다.

라쿠아의 두 눈이 마검을 쫓았다. 분명히 혼란으로 가득 찼을 테지만, 어린 형상으로는 순진한 눈이 호기심으로 말똥거리는 것처럼 보였다.

"제게 그 방법을 알려주십시오."

내가 끼어들었다.

비로소 라쿠아의 시선이 내게로 돌아왔다.

폴짝.

라쿠아가 돌의자에서 사뿐하게 뛰어내렸다.

"먼저 하나 약속해 줄래?"

영롱한 루비를 연상시키는 동그란 눈동자가 나를 올려다보았다.

"비스말라(신의 이름으로). 너는 네가 바라는 '그때'로 돌아갈 수도 있을 거야. 그렇게 되면 지금은 심판의 날이 도래한 것처럼 이 모든 게 결국 무로 돌아가겠지. 그래도 너를 나에게 인도하신 신의 자비를 잊지 말아줘."

"그게 무슨 뜻입니까. 제가 정말 '그때'로 돌아갈 수 있다는 말씀입니까?"

설아가 살아있는 그때로?

꿈만 같은 그 일이······. 현실이 될 수 있단 말인가? 정말로?

"인샬라."

라쿠아의 그 말이 네가 하기에 달렸어, 라는 식으로 들렸다.

"알겠습니다. 약속하지요."

*　　　*　　　*

산을 내려와서 뒤를 돌아보았을 때.

거기는 아무것도 없는 황무지였다. 영기로 충만했던 숲도 거짓말처럼 없었다. 나디아가 말했던 대로 죽음의 땅으로 변해 있었다.

본교의 십시는 대(大) 진법으로 감춰져 왔다. 하지만 여기에서는 그 어떤 진법의 흔적도 느낄 수 없었다. 마치 하룻밤의 꿈과 같이 전부 사라져 버려서, 참으로 신묘(神妙)한 경험을 했다 할 수 있었다.

이제.

라쿠아와의 만남을 뒤로하고 발걸음 내디뎠다.

한 걸음.

이가 악물어졌고.

두 걸음.

두 주먹이 불끈 쥐어지고.

세 걸음.

내 입술 사이로 그녀의 이름이 침음(沈吟)으로 흘러나온
다.

"설아······."

*　　*　　*

—설마 모르고 있는 건 아니지? 미천한 것들이 여기에
있다.

—그런가?

—역시 모르고 있었군.

이슬람 제국의 암살단들도 대부분 그러하지만, 특히 칼
리프 직속 샤라프 암살단의 은신술은 기가 막힌다고 느낄
만큼 새롭다.

내공 심법을 수련하지 않더라도 사람이라면 누구나 타고
난 원기가 있다. 원기는 태생적인 것이다. 감추기가 불가능
에 가깝다.

그래서 원기를 감추는 지경에 이르는 절정의 살수는 한
세대에 한 명꼴이라지만, 원기를 감추지 못한다 해도 중원
에서 살수로 사는 데에는 문제가 없었다.

왜냐하면 원기는 자연의 일부와 마찬가지여서, 원기를 느낄 수 있는 초고수는 중원에서도 극히 드물기 때문이다.

옥제황월과 정마교주 그리고 얼굴도 이름도 모르는 세 명의 은거기인 삼황 정도만 가능하겠다.

어쩌면 그런 연유 때문에 중원에서는 원기를 감추는 기술이 발전할 필요가 없었는지도 모른다.

하지만 여기는 다르다.

중원의 무인들은 후천적인 기운을 쌓는 방법을 개발시켜 왔지만, 이슬람 제국의 무인들은 선천적인 기운의 활용 방법을 개발시켜 왔다.

그렇게 이슬람 제국의 무인들이 중원의 무인들과는 다르게 상대의 원기를 느낄 수 있던 것은 매우 자연스러운 일이었다.

그러한 배경은 이슬람 제국의 암살단들에게도 고스란히 영향을 미쳤을 것이다.

결국 이슬람 제국에서 살수로 살아가려면, 중원의 살수들이 단전에 배양된 기운을 감춰야 했던 것만큼이나 원기를 감출 수 있는 기술이 필요했을 것이다.

어떤 수련으로 그것이 가능한지는 지금으로써는 알 수 없다.

하지만 꽤나 신선하고 자극적인 사실이란 것만큼은 변함

이 없다.

지금 이 상황들만 놓고 본다면 나를 포함한 중원의 모든 고수들은 이미 은신한 이슬람 암살자를 알아차리기가 쉽지 않기 때문이다.

특히 칼리프 직속 샤라프 암살단을 말하자면 원기를 감추는 기술 이상으로 기척과 호흡을 감추는 기술 또한 대단하다.

샤라프 암살단을 상대하기 위해선 오직 한순간, 원초적인 살기(殺氣)가 드러나는 그때를 기다리는 것 말고는 답이 없는 것이다.

—그렇다면 천장 쪽이겠군.

시가지에서부터 따라왔던 것이라면 눈치채지 못했을 리가 없었다.

원기를 감춘다 해도 움직일 때마다 어쩔 수 없이 나오는 소리가 있으니 말이다. 그 말인 즉, 내가 여기에 올 거란 걸 미리 알고 은신해 있었다는 거다.

모르는 체하며 터번을 벗어 탁상 위에 놓았다. 그런 다음 스쿠(시장)에서 사온 간식거리를 들고 융단 위로 벽에 기대 앉았다.

그라슈라고 불리는 간식거리는 얇은 반죽 피를 겹쳐서 그 사이에 땅콩이나 건포도를 집어넣어 달콤한 시럽을 뿌린, 시장에서 흔히 볼 수 있는 대중 음식이다.

그것으로 허기를 채우며 주흐르(정오에서 오후 중반 사이)예배 시간이 지나가길 기다리기 시작했다.

예배 시간을 알리는 아잔 소리가 첨탑에서부터 들려왔다. 아마도 이제 길에는 마스지드에 가지 못한 행인들이 노상 기도를 하는 광경이 펼쳐질 것이다.

—시장에 다녀온 사이에 도둑처럼 기어들어 왔다는 건데.

—가만히 내버려 둘 거냐?

말없이 공력을 움직였다.

천장이 뜯어지며 낡은 먼지가 방 안으로 자욱하게 퍼졌다.

쉬익.

파공음과 함께 단검 네 자루가 내 전신을 찔러 들어왔다.

단검들이 내 몸에 닿으려던 바로 그 찰나, 내 손가락에서 뻗어 나간 탄지가 먼저 그네들의 이마를 뚫고 지나갔다.

단검을 쥐고 있는 손들을 옆으로 쳐내듯 밀었다. 암살자넷이 밀어낸 방향으로 넘어갔다. 이마에서 뚫린 구멍으로 붉은 핏물이 주르륵 흘러나온다.

"죽었네? 크크크."

어느새 인간형으로 나타난 흑천마검이 쭈그려 앉아, 집 게손가락을 한 암살자의 이마에 뚫린 구멍에 넣었다 뺐다 하길 반복하며 기괴한 웃음을 지었다.

"발견될 것을 알았으면서도 보낸 거였으니 죽여 줘야지. 그놈도 우리가 함께하고 있다는 것을 알고 있을 테니까."

나디아 일행과 재합류한 첫날부터 샤라프 암살단과 마주 쳤다.

칼리프가 나디아 일행에게 감시병의 역할로 암살자들을 붙여 놓았던 게 분명했다.

내가 생각했던 대로다.

의도적으로 칼리프의 시야 안으로 들어왔다.

일행과 떨어지면서부터 흔적을 완전히 감출 수도 있었지 만 그렇게 하지 않았다.

놈에게 불안감을 심어줘서 시간을 되돌리게 만드는 것보 단, 놈이 모든 걸 통제하고 있다는 느낌을 받게끔 만드는 게 중요했다.

화르륵.

시체 네 구에서 푸른 불길이 허리 높이로 치솟아 올랐다.

삼매진화의 수법으로 시신들을 재조차 남기지 않고 모조 리 증발시켜 버렸으나, 어쩔 수 없이 남는 역한 냄새 때문 에 창을 열었다.

"음?"

타바이와 말툰의 호위를 받으며 숙소 안으로 들어오는 조하르와 나디아가 보였다.

2층 홀로 나가 1층에 계단에서부터 올라올 그들을 기다렸다.

"정!"

나를 발견한 나디아의 얼굴이 밝아졌다. 조하르도 기분 좋은 표정을 지었다.

조하르가 나디아에게 내 계약을 맡긴 후 방 안으로 들어간 뒤, 셋이 내 앞에 놓인 의자들에 앉았다.

말툰은 별 관심 없는 듯 시가지가 훤히 보이는 방향으로 몸을 틀었고, 나디아는 생글생글 웃고, 타바이는 다 말해 두었어, 라는 눈빛으로 살짝 고개를 끄덕여 보였다.

"타바이에게 당신이 돌아왔다는 말을 들었을 때, 전 믿지 못했어요. 당신과 다시 만날 날이 없을 거라 생각했거든요."

"저도 조하르와 나디아가 아직까지 마슈하드에 남아 있을 거라곤 생각하지 못했습니다."

물론 거짓말이다. 매집은 하루 이틀로 가능한 일이 아니다.

나는 이들이 마슈하드에서 철을 비롯한 무기들을 매집할

거라는 걸 알고 있었다.

"그렇게 찾던 분은?"

"거긴……. 나디아가 말했던 대로 아무것도 없는 황무지였습니다."

"사람이 있을 리가 없다고 말했잖아요. 그래서 이제는?"

"테헤란으로 갈까 합니다."

"아. 테헤란이요?"

"타바이에게 들기론 카라반의 다음 상행지도 테헤란이라더군요. 자리가 남는다면 저번처럼 동행하고 싶어 기다리고 있었습니다."

나디아와 테헤란까지의 호위 계약을 맺은 뒤.

"마슈하드는 살라딘께서 직접 통치하시는 도시! 절대, 절대! 생각 없이 행동하지 마!"

타바이의 잔소리를 듣고 시가지로 나왔다.

주흐르 예배 시간이 지난 시가지는 아이드 엘 피트르(식사축제) 시즌이라고 해도 좋을 만큼, 다시 활발함을 찾았다.

가와지들이 손톱보다도 작은 루비를 배꼽에 끼워 넣고 우드의 음률에 맞춰 골반을 흔들고 있다. 구태여 고개를 숙이지 않아도 가슴골이 보이는 풍만한 가슴도 물결처럼 출렁거린다.

아라비아 악기들이 자아내는 흥겨운 리듬과 가와지들의 춤사위.

다프(평북) 두드리는 소리가 쿵쿵하고 날 때마다, 대중들의 어깨도 흥겹게 통통 튄다.

가와지들이 시선을 끌고 있는 그곳은 시가지에서 시장으로 들어가는 어귀쯤이다. 춤판의 뒤쪽으로 포목점과 식료품점의 노상 판매대가 좌우로 늘어선 시장 풍경이 보인다.

고개를 좌측으로 돌리면, 마스지드의 돔과 높게 세워진 첨탑들, 그리고 술탄이 머무는 카스르(qasr:궁전)가 한눈에 들어온다.

궁전.

저기에 자하라가 있다.

제6장

두 살라딘

　사람들의 눈을 피해 첨탑에서 첨탑으로 건너뛰었다. 그렇게 술탄궁의 어떤 창 안을 통해 미끄러지듯 들어갈 수 있었다.

　복도 한복판이었다. 천장으로는 멤라크(유리를 끼운 네모난 등)가 줄지어 달려있고, 정면으로는 간헐적으로 세워진 아치들이 보였다.

　주위를 둘러본 나는 내가 위치한 곳이 어디쯤인지 파악했다. 일전에 이 궁전에서 머문 적이 있었기 때문이다.

　이슬람 병사들이 복도마다 지키고 서 있었으나, 그들의 눈을 속이고 술탄 침실까지 들어가는 건 식은 죽 먹기보다

쉬웠다.

자하라가 침대 위에 누운 채로 나를 기다리고 있었다. 침입자가 있음을 알고 있었다는 듯이 여유롭게 집게손가락을 까닥거렸다. 속이 훤히 비치는 얇은 천 하나만 걸치고 있었어도 그녀는 부끄러운 기색이 하나 없어 보였다.

이슬람 여인들은 모두 치모(恥毛)를 깨끗하게 깎는다. 그래서 얇은 천 안으로 비친 나신, 특히 아랫배와 겨드랑이에 거뭇거뭇한 부분이 없다.

자하라가 늘씬한 몸을 쭉 뻗으며 다시 한 번 손가락을 까닥였다.

"꺄흐흐흐. 빚을 갚으러 온 것이냐? 이 나의 침소에 알아서 찾아들어 오다니. 내 너를 찾고 있었다. 네놈이 내 병사들을……."

"시끄럽다. 자하라. 조용히 하거라."

내가 말했다.

가리브가 어떻게 세 번째 눈을 익혔지!

자하라의 눈이 그런 식으로 번쩍 떠졌다.

내 입에서 음성이 흘러나온 그 순간, 자하라는 내 의식을 읽을 수 없다는 것을 깨달은 것이다.

자하라가 여유롭고 기분 좋게 뻗고 있던 몸을 바짝 일으켰다.

―여기에 놈이 숨겨둔 사람이 있나?

―없다.

머릿속으로 울리는 흑천마검의 목소리를 들으며.

"너와 네 동생에게 맡길 일이 있다. 내 말을 들으면 목숨을 보존할 수 있을 것이다."

입을 열었다.

바로 그때.

쉬와아악!

자하라가 아무런 경고도 없이 몸을 날려 왔다.

그녀의 원기가 몸 안에서 소용돌이 같은 속도로 미친 듯이 돌았다. 인간의 한계를 뛰어넘은 몸놀림. 내 목을 쥐어짜서 터트려버릴 생각이었는지 갈퀴처럼 쥐어진 양손이 찰나의 순간을 뚫고 내 목 끝에 닿았다.

하지만 그러는 와중에도 내 뇌리에는 명왕단천공의 이미지가 끊임없이 펼쳐지고 있었다.

이미 자하라와 한 번 싸워봤던 적이 있던지라, 명왕단천공이 자하라의 숨은 힘을 알려왔다.

붉은 눈 악마!

저 손목을 잡고 비틀려고 하면 자하라는 녹색 운무를 퍼트리며 거리를 벌리려 할 테고, 그때 붉은 눈 악마가 나타난다.

정보의 총체적 종합으로 만들어진 명왕단천공의 이미지는 예지에 가깝다.

과연!

자하라의 손목을 붙잡는 순간 자하라의 몸에서 독성이 깃든 녹색 운무가 퍼져 나왔다.

화아악.

전신으로 기풍으로 쏟아내며 천장으로 고개를 들었다.

거대한 붉은 눈이 천장에 박혀서 정확히 나를 응시하고 있었다.

"나의 신을 경배하라. 가리브."

자하라가 예전과 똑같이 말했다.

나는 붉은 눈을 무시하고, 분근착골을 시전할 때처럼 자하라의 몸 안으로 공력을 주입시켰다.

"아아악. 크흐흐흐. 악! 크흐흐흐흐. 이 내게 위협을 느끼게 해도. 아악. 한낱 인간 주제에 나의 신께 맞설 수 있을까. 크흐흐."

끔찍한 고통에 얼굴이 구겨지면서도 입가에는 기분 나쁜 웃음이 만연해 있었다.

하지만 그것도 잠시.

화악!

내 등 뒤에서 뭔가가 천장을 향해 불쑥 튀어 나갔다. 그것의 긴 머리카락이 우리의 시야를 가렸다.

다시 돌아온 시야 안으로 우리를 등지고 서 있는 흑천마검이 들어왔다.

녀석이 우리 쪽으로 몸을 돌렸다. 녀석의 손아귀에는 성인 주먹만 한 크기의 눈알이 쥐어져 있었는데, 녀석은 그것을 자하라의 눈앞으로 들이밀었다.

그리고는…….

와직!

완전히 쥐어진 흑천마검의 주먹 사이로 검은 기운이 피처럼 터져 나왔다.

＊　　　＊　　　＊

자하라는 율법과 교리가 엄격한 무슬림의 땅에서 살라딘이라 불리며 경외 시 되고 있다. 하지만 내가 판단했을 때 이슬람 제국민들이 자하라에 주어야 할 것은 경외가 아니라 멸시와 배척이다.

나는 자하라가 무슬림들의 유일신에게 기도하는 것을 본 적이 없다. 뿐만 아니라 그녀는 전통적인 율법을 거부하는 입장을 띄었고, 무엇보다도 무슬림들의 유일신보다도 마신을 진심으로 섬기는 모습을 보였다.

그것이 자하라와 어쩔 수 없이 마신과 공존하고 있는 다른 살라딘들과 차이이다.

그야말로 자하라는 이슬람의 배교도(背敎徒)이며 무나피쿤이다.

"마신들의 술탄……"

그녀가 섬기던 마신과의 유대가 끊긴 시점에서 정신적으로 큰 충격이 있었던 것 같다. 자하라는 반쯤 정신이 나갔다.

그러던 그때 자하라와 눈이 마주쳤다.

그녀의 손을 통해 공력을 주입시켰다. 비로소 흐릿했던 그녀의 눈동자가 초점을 찾기 시작했다.

"저, 저와 제 동생에게 맡기실 일이 있으시다니요? 제게는 동생이 없……"

진작 이슬람 종교 재판에서 처형당해 마땅하지만, 사람의 속내를 꿰뚫어 보는 능력이 처세술의 원동력이 되어 왔다. 자하라는 그렇게 지금까지 부와 명예를 유지할 수 있었다.

하지만 그토록 대단한 그녀의 능력도 내게는 소용이 없다.

뿐만 아니라 그녀의 모든 것을 알고 있다. 그녀조차 잊고 있었던 과거 전부까지도.

흑천마검을 내 안으로 속박하여 세 번째 눈을 각성시켰던 예전에, 그녀의 의식 끝자락까지 다녀온 적이 있었다.

"나샤마."

내 입에서 카이로에 있을 살라딘의 이름이 흘러나오자 자하라의 얼굴이 경악으로 물들었다.

"무⋯⋯. 무슨 소리를 하시⋯⋯."

자하라가 얼굴로 드러난 감정을 지워내려 했다. 그러나 그건 아무리 노련한 그녀도 할 수 있는 일이 아니었다. 마신 소멸이라는 거대한 충격을 받은 직후에 그녀의 머릿속에서 폭탄 하나가 더 터진 것이다.

자하라의 온몸이 태풍 속의 버드나무 가지처럼 벌벌벌 떨리기 시작했다.

그러던 문득, 흑천마검이 긴 손톱을 자하라의 목에 댔다. 손톱이 자하라의 목에 닿자마자 방울진 핏물이 손톱을 따라 미끄러져 나왔다.

자하라는 얼굴이 샛노래져서 곁눈으로 흑천마검을 쳐다봤다.

"위대하신 마신들의 술탄께 자⋯⋯ 자하라가 인사 올립니다."

"하찮고도 하찮은 미물(微物)아. 내 너를 잡아먹지 않을 테니, 그만 떨고 우리가 시키는 대로만 하거라."

흑천마검이 체온 없는 손등으로 자하라의 뺨을 쓸어내
렸다.

자하라가 침을 꿀꺽 삼켜 넘겼다.

흑천마검이 그녀에게서 손을 떼자, 자하라는 주섬주섬
몸을 움직였다. 무릎을 꿇는 자세로 바꿨다. 이마를 바닥
에 댄 후 양 손바닥이 천장을 향하게끔 하여 후두 위로 올
렸다.

그렇지 않아도 속이 훤히 비칠 만큼 얇았던 천은 온데간
데없이 사라진 상태였다.

벌거벗은 몸으로 완전한 복종의 자세를 취한 자하라를
향해 무거운 음조로 말했다.

"네 동생 나샤마와 함께 너희들의 칼리프를 찾아가거
라."

"칼…… 리프."

"가서 내가 보냈다 밝히고 놈에게 충성을 맹세하거라.
내가 보낸 화해의 증표라고 하면 놈도 알아듣는 바가 있을
것이다."

"당신은…… 칼리프의 적입니까?"

"그럼 이 내가 놈의 친우(親友)인 것 같으냐?"

"저의를 모르겠습니다. 나샤마와 저는 칼리프께서 인가
하신 술탄입니다. 이미 칼리프께 충성을 하고 있사온데."

그때 흑천마검이 자하라를 향해 말이 많은 계집이라고 뇌까렸다.

자하라가 어깨를 움찔하면서 다시 고개를 조아렸다.

"너희가 칼리프에게 충성하고 있다고? 크큭. 무슬림도 아니면서 무슬림들 위에 왕으로 군림하고 있는 꼴만큼이나 우스운 말이로구나!"

무릎을 구부리고 앉아 자하라의 턱을 들어 올렸다.

자하라의 두 눈은 분명히 겁을 먹고 있었다.

"너희 네 명의 살라딘 중에 누가 칼리프에게 충성을 하고 있단 말인가. 살라딘 하나는 정(政)과 교(敎)를 배재한 체 오로지 무도의 길만을 걷고 있고, 살라딘 둘은 신앙을 버린 콥트인(copt 고대 이집트의 자손으로 기독교를 신앙하는 사람들)이며, 다른 살라딘 하나는 반란을 꾀하고 있지 않느냐."

자하라는 할 말을 완전히 잃어버렸다. 내 입에서 세상 누구도 알지 못할, 그녀와 나샤마의 출신이 흘러 나왔기 때문이었다.

특히 '신앙을 버린 콥트인'이란 이슬람 제국 안에서 절멸(絕滅)의 아이콘이다.

"어, 어떻게 그걸……. 당신은 대체 누…… 누구신가요."

자하라의 세 번째 눈을 중심으로 원기가 다시 회전하기 시작했다.

내가 본인의 의식을 파고들고 있다고 생각했던 것인지, 의식의 문을 막으려는 행위였다.

"네 앞의 존재를 무엇이라 생각하느냐?"

흑천마검을 흘깃 쳐다본 자하라는 그 모든 행위가 부질없음을 깨달은 것 같았다. 미간에서 돌던 그녀의 원기가 잠잠해졌다.

"어디에서는 신이라고, 어디에서는 악마라고 불려온 존재다. 그가 내게 앞날을 알려주더군. 그게 우리가 널 찾아온 이유다. 우리는 널 구원하러 왔다. 앞날을 알고 싶으냐?"

"예. 부디……."

자하라의 고개가 천천히 끄덕거려졌다.

"살라딘 슐레이만이 사드리 아잠과 함께 아미르 사이드를 칼리프로 옹립하며 병사를 일으킨다. 이에 칼리프는 너희 살라딘들에게 반군을 막으라고 명령을 내리지. 하지만 너희들은 칼리프의 눈치를 보기에만 급급할 뿐, 적극적으로 움직이지 않는다. 애초에 충성심이라고는 눈곱만큼도 없었으니까. 칼리프 그놈을 전지하다고 추앙하고 두려워하면서도, 너희들은 가지게 될 것과 잃게 될 것을 계산하면서 놈의 명령에 따르지 않는다."

내가 계속 말했다.

"반군을 막는 건 너희들이 아니라 예니체리 부대와 칼리프가 총애하는 술탄들의 병사들이었다. 예니체리 부대와 수많은 술탄들의 병사들이 반군을 해치운 후 한 일이 무엇이었을까. 그건 바로 너희들, 살라딘들을 섬멸하는 일이었다. 그렇게 칼리프는 오랜 평화 끝에 무뎌진 병사들의 칼날을 너희들로 피로 하여금 날카롭게 세우는 데 성공하고. 때마침 성전을 승리로 이끌 수에즈의 운하가 가리브들의 목숨으로 완성에 이르게 된다. 그렇게 바야흐로 대(大)성전의 시대가 도래하게 되는 것이다."

흑천마검에게 들은 과거의 시간대에 있었던 일들을 종합해 본다면 이것이야말로 칼리프가 원하는 시나리오였다.

하지만 흑천마검과 내가 등장하는 바람에 그의 완벽했던 시나리오는 무기한 연기된 것이었다.

"그, 그렇군요."

자하라는 내가 생각했던 것만큼이나 쉽게 납득했다.

"가만히 내버려뒀으면 너는 죽은 목숨이었다. 자하라. 이제 네가 해야 할 일이 무엇인지 알겠느냐?"

"전지하신 칼리프께서 모든 것을 다 알고 계실지 언데,

저희 자매의 충성을 받아주시겠어요?"

나샤마의 혼란스러운 눈동자가 나와 흑천마검을 쫓아 움직였다.

"그러니 가진 걸 아까워하지 말고 모든 걸 놈에게 바칠 생각을 하거라."

"예……. 그러면 제게 무엇을 바…… 라 십니까. 선지안 (先知眼)의 대가가 무엇입니까."

"이미 말하지 않았느냐. 당장 네 동생과 바그다드로 가서 충성을 하고. 내 뜻을 전하거라."

"칼리프께 전하시라는 말씀만 전하면 되는 것입니까. 정녕……. 그것이 전부인가요?"

"그렇다. 우리는 칼리프와 화해하길 원한다."

"저……."

"더 남은 말이 있느냐?"

자하라는 뜸을 들였다. 내가 허락한다는 의미로 고개를 살짝 끄덕이자, 비로소 그녀의 입술 사이로 조심스런 목소리가 흘러나왔다.

"사드리 아잠은 와지르(내각 대신) 위의 와지르. 칼리프의 옥새를 관장하는 최고 대신이자 디완의 통솔자지요. 그런 그가 반란을 꾀하고 있다는 것은 마스지드 쪽에도 믿는 구석이 있다는 말이고, 거기에 슐레이만이 내통하고 있다면."

"하고 싶은 말이 대체 무엇이냐?"

"나샤마는 제가 설득할 수 있어요. 그리고 무트타르도 꾀어낼 방법이 있습니다. 우리가 칼리프보다 먼저 움직이면……."

그러면 시간이 되돌려지겠지.

속으로만 툭 내뱉고는 등을 돌리며 말했다.

"칼리프가 그 정도도 생각하지 못했을 것 같으냐? 허튼 생각 말고 내가 시키는 대로 하거라! 그것만이 유일하게 네 목을 붙어있게 만들 것이니!"

"시, 시키신 대로 하겠습니다."

시장에서 간단하게 배를 채운 후 시가지로 나왔다.

슬슬 해가 저물고, 여기저기서 등이 켜지기 시작했다.

저녁 공연을 마친 가와지들과 사내들이 하룻밤 비용을 흥정하고, 우드 연주자들은 구석에 쭈그리고 앉아 쉬었다.

마슈하드의 가와지들은 단연코 아름다웠다. 콜 먹(눈 주위를 검게 칠할 때 쓰는 가루)을 칠해 아름답게 두드러진 아몬드형 눈매가 여기저기서 웃음꽃을 피웠다. 그녀들에게 쏠린 남성들의 수가 다른 도시들에 비해 배 이상으로 많았다.

벌써부터 정액 냄새와 흡사한 야자즙 냄새를 풍기며 가와지들 주변을 배회하는 뭇 사내들을 헤치고 나왔을 때.

바로 옆에서 익숙한 목소리가 들렸다. 두툼한 손바닥이 내 어깨를 붙잡았다.

"찾았다……."

타바이였다.

"너 같은 가리브들이 잘못 걸리면, 속옷 하나 남지 않아. 벌써 털린 건 아니지?"

가볍게 던지는 말과는 달리 그의 표정은 어딘가 모르게 진중했다.

"배 좀 채우고 있었다. 무슨 일이야? 날 찾고 있던 것 같아 보였는데."

"조하르가 행장을 서두르고 있어."

"내일이 아니었나? 곧 달이 뜰 텐데?"

타바이가 내 귓가에 입을 가져다 대며 손바닥으로 소리가 새어나가는 걸 막았다.

"조하르가 카스르(왕궁)에 다녀왔잖아. 철 매입 건으로"

"그런데?"

"완전히 헐쭉해져서 돌아와서는 무작정 빨리 떠나야 한다고 난리도 그런 난리가 없었지. 조하르의 아름다운 딸이 진정시켰기에 망정이지, 그렇지 않았다면 네가 카라반 사리에 돌아왔을 때에는 아무도 없었을 거야. 그런 조하르는 처음 봤어."

"궁전에서 무슨 일이 있었어?"

"조하르가 말을 안 해. 하지만 뭔가 끔찍한 걸 겪은 거지……."

"하지만 우리는 알고 있잖아. 저 궁에 어떤 분이 계신지."

"살라딘."

"쉿쉿. 미, 미쳤어?"

타바이의 투박한 손이 내 입을 덮쳤다.

"어쨌든 돌아가면 조하르가 평소와 조금 달라도 내색하지 마. 어쨌든 잘 된 거야. 그렇지 않아도 여기에 계속 있는 게 좀 그랬거든. 아름다운 여자들이 아무리 많아도……. '그분' 께서 직접 다스리는 곳이니까……. 자칫 잘못하면……."

타바이가 그렇게 속삭인 손날로 제 목을 긋는 시늉을 했다.

*   *   *

조하르가 노숙을 결정했다.

마슈하드에서 고용된 일꾼들이 분주하게 움직이기 시작했다.

누구는 천막을 치고, 누구는 말린 낙타 똥을 거둬 불을 피웠다. 모두가 노숙 준비로 한창인 사이에 나디아는 짐 꾸러미에서 낙타 젖을 발효시킨 요구르트를 용기 채로 가져와 모두에게 덜어주었다.

이번에 일꾼으로 고용된 아크야는 샤이르(sha'ir: 이야기꾼)의 자질을 타고났다.

이야기에 반주를 넣을 악사가 없는 대신, 아크야는 지이이 지이이거리는 풀벌레 소리를 반주 삼아 이야기를 펼쳤다. 하루 일과 마지막으로 아크야를 중심으로 모여, 그의 이야기를 듣는 것이 모두의 유일한 낙이 되었다.

오늘의 이야기는 바스테트(고대 이집트의 여신)에 관련된 신화로, 바스테트가 태양신 라와 맺어지는 이야기기가 주된 스토리였다.

나도 다른 사람들처럼 아크야 주변에 자리를 깔고 앉아 있었다. 나디아가 준 요구르트에 에이슈(속이 텅 빈 빵)를 찍어 먹으며 아크야의 이야기를 즐겁게 들었다.

낙타 똥으로 태운 모닥불은 은은하게 주변을 밝히고, 아크야의 좋은 목소리가 음률처럼 길게 이어지고 있는 평온한 밤이었다.

겉으로는 분명히 그랬다. 그래서 이 사람들의 평온을 깨고 싶지 않았다.

조용히 자리를 떠나 어둠 속으로 들어갔다. 모닥불이 새끼손톱보다도 작게 보일만큼 걸어왔을 때, 나를 주시하던 자가 바짝 따라붙었다.

쫙 펴진 내 손바닥이 진공청소기처럼 그자를 빨아들였다.

놈은 목이 움켜잡혀도 컥 소리 한 번 내지 않았다. 꽤 고통스러울 텐데도, 복면 위로 드러난 놈의 눈동자는 아주 조금만 일그러졌을 뿐이었다.

흥.

뜨거운 콧바람을 뿜으며 놈을 쓰레기 버리듯 지면으로 내팽개쳤다.

장으로 내리쳐서 놈의 정수리를 쪼개려던 그 순간, 놈이 놀란 목소리를 터트렸다.

"저, 전하! 저를 죽이시면 아니 되십니다."

"칼리프가 보내서 왔느냐?"

"그…… 렇습니다."

"너는 누구냐."

"'예언자의 칼'입니다."

"그리 말하면 본 교주가 어찌 알까?"

"예니체리라고 하면 아시겠습니까. 붉은 사막의 왕이시여."

"그래. 보아하니 칼리프가 본좌가 보낸 선물을 받은 모양이로군? 칼리프가 뭐라더냐?"

"전지하신 칼리프께서 이르시길, 바그다드에서도 수에즈에서도 변하는 건 없을 거라 하셨습니다."

"흥! 그럴 테지. 칼리프와 대면하고 싶다. 본좌가 직접 바그다드로 찾아가겠다 전하거라."

"붉은 사막의 왕이시여. 칼리프께선 저를 가교(假橋)로 보내셨습니다."

"네놈을 통해야만 한다?"

"예."

"좋다. 그것이 칼리프의 뜻이라면 수긍할 수밖에. 하면 이렇게 전하거라. '그대와 나의 싸움은 끝이 없는바, 영원한 굴레 속에서 아귀(餓鬼)들 같이 싸울 바에는 이 내가 한 보 물러나겠소. 운하 공사가 끝나는 대로 내 교도들과 왔던 곳으로 돌아가겠소. 바그다드에 있는 내 사람들이 아직 살아있다면 그들에게도 그대의 신께서 말하는 사랑을 베풀었으면 하오. 붉은 사막으로 돌아가거든, 그대가 오지 않는 한 나 또한 무슬림의 땅에 오는 일이 없을 것이니, 우리가 다시 보는 일은 없을 것이오. 또한 화해의 증표로 그대의 성전에 보탬이 되고자 하니, 내가 보낼 선물들을 받아주시오.'"

"그리 전하겠습니다."

먼 동방에서 온 왕이 제 앞에서 사실상 항복을 선언하고 있는 꼴이 아니겠는가.

놈의 복면 위로 기고만장한 눈웃음이 스치고 지나갔다.

슈슉.

놈이 어둠 속으로 사라지고, 나는 모닥불로 다시 돌아왔다.

아크야의 이야기가 끝난 상태였다.

조하르와 나디아는 천막으로 들어갔는지 보이지 않았고, 호위 전사들과 잡부들만이 모닥불을 둘러싸고 앉아 술을 마시고 있었다.

조하르는 테헤란으로 향하면서 잡부들 외에도 호위 전사 두 명을 더 고용했다. 쿠르드인 시타르와 킵차크인 데마디가 바로 그 둘이었다. 둘 다 각지를 떠도는 용병이었던 지라 기질이 거칠었는데, 데마디가 특히 심했다.

조하르와 나디아가 일찍 들어간 탓에 술판이 조금 과해진 것 같았다.

내가 막 돌아왔을 때에는 어떻게 시비가 붙었는지는 모르나 데마디가 말툰에게 사내답게 싸워보자며 비아냥거리고 있었다.

말툰은 구겨진 얼굴로 그런 데마디를 올려다보고 있었고, 타바이와 시타르가 흥미진진하게 이를 지켜만 보고 있었다.

"데마디."

내가 말했다.

젠장. 말리지 마. 싸우게 내버려 두란 말이야.

타바이와 시타르가 똑같은 눈으로 나를 노려보았지만, 나는 시끄러운 밤이 싫었다.

"출신도 모를 재수 없는 가리브는 그냥 찌그러져 있어."

데마디의 그 말에 시타르가 키킥거리며 웃었고, 타바이도 별반 다르지 않았다.

"말툰은 맘루크 출신이다. 누구에게 시비 거는지 정도는 알고 있으라고."

그렇게 툭 내뱉은 다음 천막 안으로 들어가려 했다.

그런데 등 뒤로 우악스럽게 다가오는 인기척이 느껴졌다.

어지간히 거칠게 살아왔거나, 내가 너무 만만하게 보였거나, 싸움 상대를 바꿀 필요성을 느꼈거나. 혹은 그 전부였을 지도 모른다.

하지만 이 거친 인간과 딱히 손을 섞을 필요성을 느낄

수 없었던지라.

죽고 싶으냐?

살기를 끌어올린 채로 몸을 돌렸다.

데마디의 눈이 주먹만큼 커졌다. 동시에 그가 빠르게 걷던 걸음을 갑자기 멈추던 탓에 신형이 앞으로 살짝 비틀거렸다.

"모두가 피곤한 밤이다. 소란 피우지 마라."

나는 데마디에게 다가가 그의 어깨에 손을 올리며 말했다.

그러는 동안에 녀석은 완전히 굳어버려서 한마디도 하지 못했다.

그날 이후.

데마디가 눈에 띄게 조용해진 탓에 카라반 내에서는 이렇다 할 마찰이 일어나지 않았다. 내 살기를 맞닥뜨린 건 오로지 데마디뿐이라서 사람들은 그가 왜 갑자기 변했는지 몰랐다. 다만 나를 슬슬 피하는 데마디를 보고, 내가 동방의 저주를 건 게 아닐까 하는 작은 소문만이 도는 게 전부였다.

거친 킵차크인은 물론이고 말이 많던 타바이도 평소보다 말수가 줄었다. 원래 말이 없던 말툰은 완전히 벙어리처럼 되어 버렸다.

테헤란에 가까워질수록 전사들의 언행이 조심스러워지고 있었다. 마슈하드에서와는 다른 이유로 언행을 조심스러워 하는 거였다.

공포의 아이콘인 자하라가 마슈하드를 통치하고 있다면, 테헤란은 '무슬림들의 무왕(武王)' 정도로 존경받고 있는 이가 통치하고 있는 곳이다. 스스로를 전사라고 생각하는 이들에게 테헤란은 제2의 성지나 마찬가지였다.

그렇게나 명망이 높은 사람이었으며 도시였는데, 어처구니없게도 전에는 이걸 몰랐다.

내게 테헤란은 그저 자하라와의 계약에 언급된 이슬람의 한 도시에 불과했고, 무트타르는 싸워서 꺾어야만 하는 이슬람의 무사에 불과했었다. 마음이 급해 제한적인 정보만 받아들였기 때문이다.

이런 식으로 편협적인 사람이 생겨나는 거다.

하나의 현상을 두고, 어떤 정보에 노출되어 있냐에 따라서 의미가 완전히 달라진다. 항상 가슴에 새기고 주변을 살펴야 하는 게 바로 이와 같은 이유에서다.

테헤란의 거대한 아치형 성문 앞에 도착했을 때, 무트타르를 다시 만날 수 있다는 기쁨과 편협적인 시각을 가졌던 내 자신에 대한 부끄러움을 동시에 느꼈다.

"우리를 안전하게 이끄신 신께 감사의 예배를 드리고 온 이후에 수당을 정산하겠네."

카라반 사리에서 조하르가 말했다.

마슈하드에서는 마스지드에 가지 않고 개별적으로 예배를 했던 타바이와 말툰도, 테헤란에서만큼은 조하르와 함께 마슈지드로 떠났다.

마찬가지로 모든 일행이 그런 식으로 전부 마스지드로 떠나버렸다.

혼자 남게 된 나는 테헤란 시가지가 훤히 보이는 2층 홀 테이블에 앉았다.

구석에서 나를 눈여겨보고 있던 사내가 있었다. 수피가 대충 걸치고 있던 거적과 비슷한 형태의 로브로 얼굴을 가리고 있는 자였다.

그가 자리에서 일어섰다.

그는 덩치가 크고 키가 큰 사내였다.

꽤 거리가 있었음에도 불구하고 길게 기울어진 그의 거대한 그림자가 내 테이블까지 닿았다.

"합석해도 되겠소?"

그가 정중하게 줄었다. 사람의 가슴을 울리는 묵직한 목소리였다.

복도 끝자락에서 대기하고 있던 카라반 사리의 직원에게 손가락 두 개를 흔들어 보였고, 그가 고맙다는 말과 함께 내 앞에 앉았다.

직원이 카르카데(히비스커스 꽃을 달인 차) 두 잔을 내어 놓고 사라졌다.

"먼 이국에서 오신 분 같소만?"

"그렇습니다. 여기에서는 붉은 사막이라고 불리는 곳입니다."

비록 어색한 발음이지만, 그래도 내 입에서 유창한 이쪽의 말이 흘러나오자 그의 고개가 무겁게 끄덕여졌다.

"붉은 사막이라면 잘 알고 있소. 동방에서 온 상인들이 하나같이 말하더이다. '무림'이라 불리는 전사들의 전쟁터에서 가장 강한 이가 붉은 사막에 있다고 말이오."

"붉은 사막의 왕, 혈마교주를 말씀하시는군요."

"테헤란을 다스리는 술탄에 들은 적이 있소?"

"살라딘 무트타르. 제국에서 가장 강한 전사. 그를 모르는 이가 있겠습니까. 심지어 저는 그분과 겨뤄보기도 했습니다."

내가 말했다.

테이블 위로 깍지 낀 그의 손아귀에 힘이 잔뜩 들어가는 게 보였다.

"일신의 성취가 극에 달하면 검술이나 권법과 같은 틀이 필요가 없어진다 하지요. 저와 그분은 한 번의 대결로 그 것을 증명해 냈습니다."

"그렇단 말이오……. 하면 승패는 어찌 되었소?"

"그분과 겨룬 후 저는 몇 날 며칠을 누워 있어야만 했습니다."

"그대가 패했구려."

"아닙니다. 살라딘 무트타르는 땅에 묻혀야 했습니다. 우리가 남긴 치열한 현장을 무덤으로."

벌떡!

바위같이 큰 양 주먹이 탁자를 때리고.

거대한 신형이 몸을 일으켰다.

마치 죽음의 사신이 그러하듯, 얼굴을 가린 치렁치렁한 로브를 입은 그가 나를 내려다보았다.

로브의 어둠 속에 가려진 터라 얼굴 전체는 보이지 않지만 그 안에서 일렁거리고 있는 섬뜩한 안광(眼光)은, 그 자체만으로도 주위의 모든 것을 산화시켜버릴 것만 같았다.

"나는 그분과 한 약조를 잊지 않고 있습니다. 누가 승자가 되든, 승자는 서방(西方)으로 가기로 하였습니다. 우리는 이 세상에서 누가 가장 강한지 가려 보기로 하였지요.

그분의 스승님께서 남기신 유언대로 말입니다."

"대체! 붉은 사막의 왕께선 무슨 말을 하시는 것이오?"

무트타르가 얼굴을 감싸고 있던 후드를 목 뒤쪽으로 넘겼다.

"저와 다시 겨뤄보고 싶지 않습니까?"

＊　　　＊　　　＊

"'다시'라 말씀하시는 저의가 대체 무엇이오. 또한 스승님의 유언을 그대가 어찌 아시오. 답을 반드시 들어야겠소."

무트타르가 말했다.

"이미 당신께 말씀드렸습니다. 우리는 겨뤄 본 적이 있지요."

"신께서 그대를 내게 인도하심을 축복으로 받아들였건만……. 그대는 내 환희를 무너트리고 있소. 내가 그대에게 패해 무덤에 묻혔다? 붉은 사막에서 오신 분께선 그만하시오. 더 이상 나를 기만하지 말란 말이오. 아시겠소?"

무트타르가 자리를 박차고 일어났던 순간에 터트렸던 무거운 분노를 생각해 보면, 정작 지금은 상당히 가라앉은 상태라 할 수 있었다.

"무트타르님. 처음 우리는……. 당신은 로브 속에 감추고 있던 그 두 자루의 거대한 시미타를 썼고, 저는 이 검을 썼습니다."

테이블에 비스듬히 세워진 청검을 검집 채 들었다.

스르륵.

검신이 검집 밖으로 흐르는 물결처럼 부드럽게 모습을 드러냈다.

"좋은 칼이오."

이래서 무트타르는 천상 무인(武人)일 수밖에 없는 것이다.

"누가 먼저라 할 것이 없이 서로에게 격돌하는 것으로 우리의 대결이 시작되었습니다. 전초전이랄 것도 없이 우리는 처음부터 상당한 힘을 드러낼 수밖에 없었습니다. 당신도 저도, 상대가 누구인지를 그 누구보다 잘 알고 있었으니 말입니다."

"……."

"일합(一合)에서 당신이 먼저 선수를 가져갔지요. 우리가 맞부딪치려는 순간, 당신이 순간적으로 신체 능력을 한단계 더 끌어 올렸고, 어느덧 내 머리 위로 당신의 시미타 하나가 떨어지고 있었습니다."

무트타르는 여전히 얼굴을 굳히고 있었다.

그러나 내 말에 흥미가 동하는지 내 말을 끊지 않았다.

"하지만 아무래도 말뿐으로는 우리의 치열했던 대결을 형용할 수 없겠지요. 자리를 옮깁시다. 이왕이면 인적이 없는 넓은 곳이 좋겠습니다."

"……. 내 궁전으로 그대를 초대하겠소."

쉬익.

무트타르가 창밖으로 몸을 던졌다.

궁전의 안뜰에서 한참을 걸어 들어간 곳이었다.

원형으로 높게 세워진 돌 벽에 야수가 영역 표시를 한 것 같은 도흔(刀痕)이 상당했고, 지면은 달 표면처럼 움푹움푹 패여 있었다.

무트타르가 평소 수련을 하던 곳이라 확실할 수 있는 흔적들이 곳곳에 가득했다.

앞서 걷던 무트타르가 수련장 중앙 부근에서 우뚝 멈췄다.

그가 우악스럽게 로브를 찢듯이 벗어 버린 그때, 감춰져 있던 시미타 두 개가 그의 등 뒤에서 솟구치며 나타났다.

쿵!

시미타 두 개가 그의 발 앞으로 찍듯이 떨어졌다.

"여기서 겨루시겠소?"

"지금 말입니까?"

무트타르의 미간이 잔뜩 찌푸려졌다.

나는 그런 무트타르를 향해 고개를 살며시 저으며 말했다.

"우리는 이미 한 번 겨뤄 보았습니다. 당신은 인지하지 못하겠지만 제게는 바로 어제처럼 아직도 생생하지요. 죽는 날까지 잊지 못할 겁니다. 모르겠습니까? 저는 우리가 어떻게 이미 겨룰지를 알고 있습니다."

"붉은 사막의 왕께선 지금 나를 기만하고 있소. 선지자나 수피들처럼 말씀하지 마시오."

"불공평하다는 겁니다. 지금 이대로 겨루면 당신은 필패(必敗)란 말입니다. 무트타르님. 당신을 자극하는 게 아닙니다. 보십시오."

허공섭물의 수법으로 무트타르의 시미타를 움직였다.

무트타르와의 대결을 처음부터 끝까지 몇 번을 복기(復碁)해 왔기에, 우리가 어떻게 싸웠는지 완벽히 꿰고 있었다.

"먼저 선수(先手)를 가져간 당신이 이런 식으로 공격을 시작했습니다."

시미타가 내 머리 위로 떨어진다.

"그 공격을 이런 식으로 막고."

타격점으로 청검을 움직인 순간, 나머지 시미타 하나가
그 위를 강타했다.

검에서 손을 놓고 옆으로 살짝 비켜났다.

무트타르의 두 시미타와 내가 들었던 청검은 시간이 멈
춘 공간 속에 있는 듯, 서로 맞닿은 그대로 고정됐다.

무트타르가 가까이 다가왔다.

그가 허공에 맞닿은 채로 고정된 시미타와 청검의 구도
를 유심히 바라보며 물었다.

"내가 선수를 가져와 이런 식으로 첫수를 시작하였다
면, 패하는 건 내가 아니라 그대요."

"그렇게 생각하십니까?"

"그간 동방에서 건너온 전사들과 겨뤄 본 적이 적지 않
소. 신께서 주신 힘을 쓰지 않고 인위적으로 쌓은 힘을 쓰
더이다. 허나 인위적으로 쌓은 힘이 신께서 주신 힘에 필
적할 수 있겠소? 더욱이 상대가 그대라면, 나는 이 첫수에
적지 않은 힘을 담을 거요. 내 시미타가 그대의 칼을 쪼개
고, 그대의 몸은 시크(아랍인의 요괴 이야기에 나오는 분
열한 인간)처럼 갈라지고 말 거란 말이오."

"실은 그렇지 않습니다. 제 검은 쪼개지지 않았지요. 저
는 당신의 공격을 밀쳐내고 반격을 시도하려 했습니다만,
당신이 뒤로 거리를 벌리는 것으로 우리의 일합은 그렇게

끝이 났습니다."

"……. 당신의 단전(丹田)에 쌓은 기운을 보여주시겠
소?"

단전이라고 하는 정확한 용어를 말한 무트타르의 눈빛
이 그때처럼 변했다.

"그러지요."

허공에 고정된 검 자루를 쥐었다.

적룡이 잠에서 깨어 하늘로 비상하는 듯한 느낌이 단전
에서부터 치솟아 올랐다.

화아아악.

내 전신을 중심으로 뜨거운 기풍(氣風)이 사방으로 휘몰
아쳤다.

흩날리는 모래 먼지들로 뿌연 시야에서 일렁거리는 붉
은 강기만이 검신을 타고 올라 하늘하늘 춤추기 시작했다.

"인위적으로 쌓은 기운이 신께서 주신 힘에 필적하게 될
줄이야. 내가 가졌던 오만이 참으로 부끄럽소."

무트타르의 목소리가 등 뒤에서 들려왔다. 묘한 흥분으
로 몸을 부르르 떨고 있는 그는, 정확히 딱 '그때'의 무트
타르였다.

"하하하!"

무트타르가 기분 좋은 큰 웃음을 터트렸다.

그러던 문득 그가 웃음을 멈추고 나를 가만히 응시했다.

"우리가 겨뤄보았다 하였소?"

"그렇습니다."

"하면 내 다음 수가 무엇인지도 아시겠구려?"

나는 그의 시미타를 움직이는 것으로 대답을 대신했다.

허공섭물의 수법으로 단순히 움직이기만 하는 거라서, 실제로 그때와 같은 힘을 고스란히 담을 수는 없다.

그래도 무트타르는 구도와 속도만으로도 힘의 양상을 파악할 수 있을 정도로 무도의 절정에 도달해 있었다.

"그렇소! 그렇게 했을 것이오! 그런 다음에는 아마도 이런 식이 되지 않았을까 싶소."

시미타의 통제권을 무트타르에게 넘겨줬다.

한 자루는 내 목을 노리고 반달처럼 휘어져 들어오고, 다른 한 자루는 등 뒤에서 날아온다.

다만 그때보다는 현저하게 느린 속도다.

느린 배속으로 재생시킨 그때의 녹화 영상을 보는 기분이 들었다.

자 어떻게 막을 것이오?

무트타르가 그런 얼굴로 나를 쳐다보았다.

*   *   *

무트타르가 땀을 비 오듯 흘리며 제 가슴에 닿은 내 주먹을 응시했다. 그의 주먹 또한 내 가슴에 닿아 있었지만, 무트타르는 거기에 조금도 신경 쓰지 않고 있었다.

무트타르는 느끼고 있었던 것이다. 승부를 결정짓는 이 마지막의 일격에서 누구의 공격이 더 효과가 있었는지.

"이것이……."

"예. 이것이 우리의 마지막이었습니다. 저는 당신의 그 일격을 맞고 쓰러질 수밖에 없었습니다."

"나는……. 그대의 일격을 맞고 숨이 끊어졌을 거요. 하지만 바로 죽지는 않았을 거요. 내가 남긴 말이 있을 거요. 아마 나는……."

"우리의 오늘이 앞으로는 천 년이 넘게 회자될 것이라며, 후회가 없다 하였습니다."

그렇게 말하며 그의 가슴에 댔던 주먹을 거둬들였다.

"그렇소……. 그렇게 말했을 거요."

무트타르는 만감이 교차한 얼굴이었다. 그 또한 천천히 주먹을 거둬들인 후 우두커니 섰다. 조금의 미동도 없이 수많은 감정들로 뒤죽박죽이 된 심연 속으로 빠져들었다.

한쪽으로 자리를 옮겨 그를 방해하지 않았다.

저녁 예배를 알리는 청아한 아잔 소리가 먼 마스지드에

서부터 울리기 시작했을 때 즈음, 그의 고개가 천천히 움직였다.

그리고는 내 앞으로 힘 있게 걸어왔다.

"나는 그대에게 졌소. 나의 패배를 인정하오."

번뇌를 지워낸 무트타르가 시원스럽게 말했다.

"비스말라. 그대에게 진심으로 감사드리오."

"운이 좋아 정신을 차릴 수 있었던 것뿐이었습니다."

"붉은 사막의 왕께선 참으로 겸양(謙讓)하시오. 헌데 그러지 마시오. 그대는 나 무트타르를 이긴 제일의 전사요."

"아닙니다. 단 한 수가 승패를 가른 것뿐, 다시 겨룬다면 어떻게 될지 모르지 않습니까."

내가 그렇게 말하자 무트타르의 눈이 가는 호선으로 접혔다.

"이미 패자(敗者)인 내가 무슨 염치로 그대와 다시 겨룬단 말이오."

"제가 들려주었던 대결이 천 년간 회자될 대결이었다면, 우리에게 다시 찾아온 대결은 만 년간 회자될 대결이 될 것입니다."

"진정……. 다시 겨뤄주시겠소?"

"그러겠습니다."

무트타르는 감격에 사무친 표정이 되어 허리를 깊게 숙

였다. 그리고는 양손으로 내 오른손을 잡아 손등에 입술을 맞췄다. 그는 그 상태로 한참을 가만히 있다가 몸을 일으켰다.

"그렇지만 우리가 다시 겨룰 장소는 여기가 아닙니다. 바그다드에서 겨룰 겁니다."

내가 말했다.

"장소는 아무래도 상관이 없소."

"칼리프의 앞에서, 성전을 앞둔 병사들 앞에서 겨룰 겁니다."

"그대와 나의 대결을 볼 수 있다니. 드높으신 신께서 그들에게 행운을 내리신 것이오."

"좋습니다."

우리는 서로의 손을 마주 잡았다.

"제게 묻고 싶은 게 많지 않습니까?"

"우리가 겨뤘던 적이 있었다는 건 믿어 의심치 않소. 헌데 그런 일이 어떻게 가능한 것이오? 선지자(先知者)의 예지로는 그렇게 상세히 보지 못하오."

"우리는 무로 사라진 시간 속에서 겨뤘었습니다."

"그대가 대결에서 그 신기(神器)를 쓰지 않았던 이유도 거기에 있었겠구려."

무트타르가 내 등에 매여진 흑천마검으로 시선을 옮기

며 침착하게 말했다.

검은 천으로 돌돌 말려 있었지만, 무트타르는 처음부터
흑천마검을 인지하고 있었다.

"맞습니다."

"무로 사라진 시간이라……. 자세히 말해 주겠소?"

제7장

결정일(決定日)

"알겠소. 바그다드에서 그대를 기다리고 있겠소. 신께
서 그대에게 무운(武運)을 내리시길."

무트타르가 말했다.

＊　　　＊　　　＊

일행들과 마지막 인사를 나눈 뒤에 나는 남쪽으로 떠났
다.

그로부터 며칠 후.

알―야만(al-Yaman: 현재의 예멘)에 위치한 해양 도시 아덴에 도착했다.

먼 바다 위로 검은 땅으로 떠나거나 들어오는 범선들이 보이고, 부두 쪽으로는 이미 도착한 범선들에서 하역 작업이 이뤄지고 있었다.

검은 피부를 가진 수단인, 반듯하거나 매부리코에 작은 신장을 가진 지중해인, 남아라비아인 노예들이 상의를 탈의한 채 검은 땅의 산물(産物)이 가득 든 상자들을 옮기고 있다.

사막과 황무지 위에 세워진 교역 도시들에서는 볼 수 없는 해양 도시만의 특별한 색채. 거기에 비릿한 바다 냄새가 나를 맞이했다.

많은 인종들이 다채롭게 존재하는 곳이지만 여기에서도 동양인은 나 외에 없었다. 그래서 사람들의 시선이 내게 꽂히는 건 당연한 일이었다.

곧장 술탄 궁전으로 향했다.

보기 드문 이국인이 뜬금없이 찾아와서 존엄한 살라딘을 만나러 왔다고 하니, 병사의 얼굴이 일그러지는 것 또한 당연한 일 일수도 있다. 일반적인 경우에 말이다.

쓰윽.

나를 위아래로 훑어보는 병사의 눈동자 안으로 내 모습이 비쳤다.

내가 지니고 있는 것이라고는 두 자루의 검뿐이다. 한 자루는 청자운의 검으로 검집 채 오른손에 쥐고, 다른 한 자루 흑천마검은 검은 천에 돌돌 말아서 등에 매고 있다.

그럼 입은 꼴은 어떠한가.

아야룬(ayyarun:부랑자)이나 용병 혹은 약탈자들처럼 외투 없이 민소매식 조끼만 걸쳐서 너플거리는 통 넓은 바지를 입고 있다. 민소매 밖으로는 벌크된 근육은 아니지만 단단해 보이는 긴 팔이 쭉 뻗어 있었으며, 피부에는 그간 내가 살아온 삶이 녹록치 않다는 것은 증명하기라도 하듯 거친 흉터들이 자글자글하다.

아무리 좋게 보고 싶어도 부유한 사람의 행색이 아니다.

병사의 눈이 단호해졌다.

"여기는 너 같은 가리브가 올 곳이 아니다. 하물며 '그 분'을 입에 담다니. 운 좋은 줄 알거라. 썩 꺼져!"

병사가 창을 쥔 양 주먹으로 몸을 밀었다. 그러나 내가 조금도 움직여지지 않자, 병사의 얼굴이 와락 일그러졌다.

병사의 의도대로였다면 나는 모래 위에서 나뒹굴고 있어야 했다.

그런 우리를 지켜보던 성문 병사들이 모여들기 시작했

다.

쩝.

쓴 입맛을 다셨다.

"살라딘이라 불리면서도 내가 왔다는 것을 모를 리 없을 터. 가당치 않게도 너희들의 왕이 나를 시험하려 드는 것이로구나. 비켜라!"

휙.

팔을 저었다.

나를 상대하던 병사는 물론이고, 이쪽으로 다가오던 병사들 모두 튕겨 날아갔다.

다들 성벽에 부딪혔다.

다시 일어서는 자도 있었지만 쓰러져서 일어나지 못하는 자가 태반이었다. 내게 달려드는 자들을 다시 날려 보낸 다음 안뜰로 걸어 들어가고 있을 때, 병사 대기소에서 창을 쥔 병사들이 쏟아져 나왔다.

"침입자다!"

어디선가 울려 퍼지기 시작한 호각 소리만큼이나 큰 소리로 병사들의 고함이 터졌다.

걸음을 멈췄다.

한 팔로 허공에 큰 원을 그렸다.

한 점이 한 바퀴 크게 돌아 시작점으로 돌아왔을 때, 병사들이 쥐고 있던 창 전부가 원 안으로 빨려 들어왔다.

그것들을 전부 본래의 주인들에게로 되돌려 보냈다.

창들이 날아간 속도가 비전(飛箭)처럼 빨라, 그대로 병사들을 꿰뚫고 지나갈 것 같지만 실은 병사들의 얼굴 바로 앞에서 딱 멈췄다.

병사들은 안구 전부가 튀어나올 만큼 눈을 부릅뜬 채로 굳어버렸다. 그네들의 코앞에 위치한 창들은 완전히 멈춘 것도 아니었다. 살아 있는 뱀처럼 살랑살랑 움직이면서 병사들을 위협하고 있었다. 조금만 움직여도 얼굴을 꿰뚫어 버릴 것이라고.

척! 척!

철갑 소리가 들렸다.

그쪽으로 시선을 옮기자, 뜰 안쪽에서 거대한 방패와 곡도로 무장한 이르다슈(근위 병사)들이 오와 열을 맞춰서 뛰어 오는 모습이 보였다.

우측에서도, 좌측에서도, 그리고 전방에서도 약 삼백여 명씩 분대를 이룬 이르다슈들이 쏟아져 나왔다. 성벽 위에서는 궁수들이 시위를 당기며 존재를 드러냈다.

상황만 봐서는 살라딘 슐레이만이 파놓은 함정에 완벽히 걸려든 것처럼 보인다.

그러나.

"크크큭."

합일까지도 필요 없다.

내 일신의 힘만으로도 이것들을 물리치는데 큰 어려움이 없다.

평소 같으면 다 죽여 버리라고 속삭였을 흑천마검이지만, 녀석도 우리에게 주어진 큰 목적을 상기하고 있는 것인지 아무런 말이 없었다.

"비켜라!"

내뱉는 음성에 공력을 담았다.

화아아앙!

빅뱅의 순간처럼 사자후(獅子吼)가 한 번에 터져 나왔다.

창 촉을 코앞에 두고 있던 병사들, 그러니까 나와 지척에 있던 성문 병사들이 태풍에 휘말린 것처럼 사방으로 날아갔다.

그나마 거리가 꽤 떨어져 있던 근위 병사들은 한 명도 빠짐없이 뒤로 엉덩방아를 찧으며 악, 소리를 냈다. 보이지 않는 뭔가가 그네들을 한 번에 뒤로 잡아당긴 것처럼 보인다.

성벽 위의 궁수들 중에는 놀라서 활을 떨어트린 이도 적지 않았다.

십일성 공력을 전부 담은 사자후였다면 이렇게 놀라는 것만으로 끝나진 않았을 테지만, 녀석들은 운이 좋았다.

청검을 뽑아 앞으로 던졌다.

비룡(飛龍)같은 속도와 힘으로 한 바퀴 빠르게 돌고 다시 내 손아귀로 돌아왔다. 주변에 은신해 있던 자들이 모습을 드러냄과 동시에 앞으로 쓰러지기 시작했다.

"슐레이만! 진정 당신의 부하들이 모조리 죽는 걸 보고 싶습니까?"

돔 지붕을 얹은 궁전 양옆으로 하늘을 찌를 듯이 솟아 있는 첨탑이 있다. 그중에서 좌측의 첨탑을 향해 외쳤다.

한 인형(人形)이 첨탑이 끝에서 뛰어내렸다. 그가 남성 댄서같이 가벼운 몸놀림으로 돔과 돔을 밟으며 빠르게 움직였다.

근위병사들이 다시 몸을 일으켜 정렬을 마쳤을 무렵, 그가 내 앞으로 착지했다.

"원하는 게 무엇입니까."

오랫동안 기른 덥수룩한 콧수염과 턱수염 사이에서 굵은 목소리가 흘러나왔다.

슐레이만은 아니다.

이자가 군(軍) 최고 대장인 아미르라는 것을 한눈에 알 수 있었다.

가슴에 날카로운 '신의 칼'을 담고 있는 아덴의 아미르가 한마디 덧붙였다.

"알—야만의 모든 병사들이 군령에 대기하기 하고 있고, 마스지드 또한 살라딘의 성명을 기다리고 있는 중입니다."

"무엇을 원하느냐 물었느냐? 단지 너희들의 술탄과 대화를 하기 위해 찾아왔건만, 전쟁을 준비하고 있던 건 너희들이었다. 네 이름이 무엇이냐?"

"아프완이라 합니다."

이제 당신 차례입니다.

그가 그런 강한 눈빛으로 나를 쳐다봤다.

"나는 붉은 사막에서 왔다. 싸우기 위해 온 것이 아니니, 네 술탄에게로 안내하거라."

중년의 아미르는 슐레이만이 있는 첨탑을 돌아보았다.

거기에서 무슨 싸인이 받은 것일까.

중년의 아미르가 묵묵히 등을 돌려 궁전으로 향하는 길을 밟아 나갔다.

그가 힘 있게 휘두른 팔 동작 하나에.

착착!

모든 근위 병사들이 절도 있는 모습으로 길을 비켜섰다.

외계인 쳐다보는 듯한 수많은 시선들을 한 몸에 받으며 아미르를 뒤따라갔다.

궁전 안.

가람석과 스마라그다이트(섬록암)로 세공한 타일들이 벽에 붙어 있고, 복도는 순 대리석으로 되어 있었다. 정확히 열여섯 개의 아치를 지나, 에메랄드와 루비를 비롯한 다채로운 보석들을 박아 넣어 화려함의 극치가 무엇인지 보여주고 있는 거대한 문 앞에 이르렀다.

우리가 궁전으로 향하는 사이에 슐레이만도 바비 시르르(비밀 출구)를 통해 침소로 돌아온 모양이다. 문 너머로 강렬하게 회전하고 있는 원기의 움직임이 느껴지고 있었다.

중년의 아미르가 나를 돌아보며 입을 열었다.

"명심하십시오. 알―야만의 모든 병사들이……."

내 시선을 받은 그는 차마 끝까지 말을 잇지 못하고, 침소 문을 연 다음 옆으로 비켜섰다.

바그다드에 진상될 최고급 융단 위로 우두커니 서 있는 슐레이만이 보였다.

풍채가 좋은 남자였다.

얼굴도 둥글둥글해서 무도와는 전혀 연상이 되지 않는 남자지만, 이런 타입의 무인들은 중원서도 흔치 않게 있다.

불가의 고승들이 그러했고 큰 장원을 가진 부유한 세가들의 주인들이 그러했다.

"그렇게 나를 경계할 필요 없습니다."

사실대로 말하자면 술레이만은 살라딘이란 명색이 무색하게도 겁을 먹고 있었다. 그리고 그 대상은 내가 아니다. 그가 뚫어져라 쳐다보고 있는 그것, 바로 흑천마검이다.

"마신이⋯⋯. 도망쳤다. 인간처럼 벌벌 떨면서 도망을⋯⋯."

술레이만의 마신도 무트타르의 마신과 똑같이 행동했다.

"마신을 섬겨 왔었습니까?"

내 물음에 술레이만은 어처구니없다는 듯이 피식 웃는 것으로 대답을 대신했다.

역시 마신을 '신'으로 섬기는 건 무슬림이 아닌 자하라뿐이다.

그 외의 살라딘들에게 마신은 신을 섬기지 않는 간악한 영적 존재로부터 영토와 백성들을 보호하기 위해 필요로 했던 차악(次惡)이었을 뿐.

"섬겨 온 게 아니었다면, 내가 당신을 마신으로부터 해방시켜 준 것이 됩니다. 오히려 기뻐해야 하지 않습니까."

"내게 원하는 게 무엇인가? 알—야만을 원하는 것이라면 아무리 그대라 하여도, 잃는 게 많을 것이다. 재화를 원하는 것이라면 그대가 원하는 만큼 전부 가져가도 좋다."

슐레이만의 시선을 따라 그의 허리띠에 달려있던 열쇠꾸러미가 느릿하게 날아왔다.

창고 열쇠들이다.

열쇠들이 서로 부딪쳐 대면서 찰랑찰랑 대는 소리를 냈다.

"슐레이만. 당신의 창고에 금은보화가 얼마만큼 가득한지는 궁금하지도 않습니다."

그것을 다시 슐레이만에게로 보내면서 말했다.

슐레이만의 얼굴 위로 의뭉스런 빛이 번졌다. 그것도 잠시, 그의 눈빛이 죽음을 결심한 사람의 그것처럼 굳세졌다.

슐레이만이 탁상에 놓여있던 자기를 밀었다.

쨍그랑!

자기가 깨지는 소리를 시작으로 천장에 은신해 있던 자들이 쏟아져 내려왔다.

뛰어난 은신술과 호흡에서 느껴지는 기세로 추정컨대, 슐레이만이 키우던 암살단인줄 알았다. 하지만 그들은 이제 막 열 살 정도로 보이는 꼬마부터 서른 살까지 다양하였으며 성별도 남녀 구분이 없었을 뿐더러, 오묘하게 슐레이만과 닮아 있었다.

모두 슐레이만의 자식들이구나!

활짝 열린 문에서도 슐레이만과 닮은 청년과 처녀들이 떼를 지어 쏟아지는데, 넓다고 생각한 침소가 몰려든 사람들로 좁을 지경에 이르렀다.

슐레이만이 그 중심에 있었다. 그의 낭심 쪽에서 원기가 폭발했다고 표현될 만큼 강렬한 회전이 느껴졌다. 그가 높은 천장으로 뛰어오르며 나를 집게손가락으로 가리켰다.

그 순간.

"아버지의 적을 죽이자!"

누군가 피를 토하는 듯이 외쳤다.

슐레이만의 자식들은 나를 불구지천의 원수로 생각하고 목숨을 버리듯이 덤벼들기 시작했다. 그네들이 쥔 잔비야(반달모양의 단검)가 속검으로 유명한 무림 고수의 칼놀림처럼 움직이고 있었다.

한 명 한 명.

슐레이만의 모든 자식들 몸 안에서 원기가 빠르게 돌고 있었다.

희생자 없이는 이들을 처리할 수 없다고 생각했다.

오히려 잘 된 일이라 할 수 있겠지…….

흑천마검의 힘을 보여준 이후에는 대화가 보다 원만히 통할 수밖에 없을 테니 말이다.

씁쓸하게 번지는 기분을 뒤로 한 채 등 뒤로 팔을 뻗었다.

검은 천 사이로 흑천마검의 검병이 만져졌다.

오싹할 만큼 차갑다.

그것을 움켜쥐자 거부할 수 없는 강렬한 기운이 온몸으로 휘감아 돌았다.

"꿇어라! 하찮은 인간들아."

우리의 입에서 절대 명령이 떨어졌다.

*　　　*　　　*

슐레이만의 두 눈에 힘이 사라지고 반쯤 벌려진 입은 다물어지지 않았다. 올 것이 오고야 말았구나. 그런 표정이다.

아마도 수만 가지 생각이 머릿속을 헤집고 있을 테지만

그는 용케도 결단을 내렸다.

슐레이만이 무릎을 꿇는 그 즉시, 그가 시야에 들어오지 않는 곳에 있었던 자식들 모두까지 무릎을 꿇는 것이었다.

그쯤에서 우리는 합일체를 계속 유지하고 싶은 욕구를 간신히 억누를 수 있었다.

우리를 하나로 잇게 만든 끈을 겨우 잘라냈다. 우리는 본래대로 나눠졌다.

하아아.

피가 쭉 빠지는 기분이 들었다. 손발이 저렸다. 심장박동 수가 현격하게 느려진다. 아주 느릿하게 쿵쿵.

현기증 또한 났다. 조금만 마음을 놓으면 이대로 다리 힘이 풀릴지도 몰랐다.

거대한 기운이 갑자기 들어왔다가 나가버린, 어쩔 수 없는 후유증이었다.

나는 지척에 있던 마스터바에 앉아 등받이에 등을 기댔다. 상아와 히아신스 돌로 세공된 이 품위 있는 의자의 본래 주인은 여전히 무릎을 꿇은 채로 나를 지켜보고 있었다.

마검을 바닥에 꽂으며 입을 열었다.

"내가 바라는 건 당신의 재물도 아니고 알—야만도 아

닙니다. 따지고 보면 나는 당신을 구명(求命)하기 위해 왔습니다. 슐레이만."

다들 혼란스러운 얼굴들이다.

하찮은 인간들이라며 무서운 명령을 내린 존재가 갑자기 정중한 태도로 돌변했기 때문이라고 볼 수도 있다.

그러나 그동안 이슬람 제국을 떠돌며 느낀 문화상을 비추어 생각해 보면…….

이들이 혼란스러워하는 진짜 이유는 바로 눈앞에서 외국인이 신과 합일을 이룬 것을 목도했기 때문이고, 더 나아가서는 외국인과 합일을 한 신이 그네들이 믿고 있는 유일신이 아니라는 것을 느꼈기 때문일 것이다.

무슬림들의 교리를 따지고 들어가면 끝이 없다. 다만 단편적으로만 언급하자면 신 외에는 인간과 합일을 이룰 수 없다는 것이다.

그럼 슐레이만과 그의 자식들이 자연스럽게 가지는 의문은 '나와 합일한 존재는 대체 무엇이지?' 란 것인데, 이는 수피와 라쿠아가 가졌던 의문과도 동일하다.

슐레이만의 시선이 오로지 마검에만 고정되어 있는 것도 그러한 이유에서였다.

어쨌거나, 슐레이만에게 둘만 있기를 청했다.

슐레이만의 자식들이 썰물처럼 빠져나갔다.

피 한 방울 튀긴 곳 없다. 하지만 큰 격전을 치른 것마냥 완전히 엉망이 된 실내 모습이 비로소 시선 안에 가득 차 들어왔다.

나는 슐레이만의 자식들 중에 다친 이가 나오지 않은 것에 만족하며 입을 열었다.

"나는 당신의 적이 아닙니다. 그만 일어나시겠습니까?"

슐레이만이 육중한 몸을 일으켰다. 그러면서도 시선은 여전히 흑천마검에 머물러 있다.

"성서의 말씀은 다음에 생각하시고, 지금은 당신의 목숨에 대해서만 논해 봅시다."

그제야 슐레이만의 눈동자가 움직였다.

"정녕 알—야만을 원하시는 게 아니십니까?"

"나는 붉은 사막에서 온 가리브입니다. 왜 이 먼 땅을 탐내겠습니까."

눈치로 보건대 슐레이만은 붉은 사막이라는 지역을 알지 못하는 것 같았다.

중요한 건 그게 아니라서 내가 온 곳에 대해 설명하는 대신 바로 본론으로 넘어갔다.

"이 땅의 모든 사람들이 그러더군요. 칼리프가 전지하다고. 당신도 어떻게 생각합니까?"

바로 그때.

슐레이만이 넙죽 엎드렸다.

"부디 저를 무나피쿤으로 만들지 말아주십시오."

"당신이 오해한 겁니다. 나는 이슬람 제국과의 전쟁을 준비하고 있지 않습니다. 그저 당신의 생각이 궁금해서 물은 것이지요. 어떻습니까? 당신도 칼리프가 모든 걸 전부 안다고 생각합니까?"

"지난 오십 년간 제국이 태평성대(太平聖代)를 어떻게 맞이했겠습니까."

"그러니까 당신도 세간에 떠도는 소문을 믿는 것이로군요?"

슐레이만이 그렇다고 대답했다.

"그렇게 믿고 있으면서도 왜 그에게 반역을 꾀하고 있습니까?"

움찔.

슐레이만의 몸이 크게 한 번 들썩였다.

"칼리프가 모르리라 생각했습니까? 칼리프는 전부 다 알고 있었습니다. 당신과 사드리 아잠이 공모하여 현 칼리프를 끌어내리고, 아미르 사이드를 칼리프로 추대하려 하고 있음을 말입니다."

슐레이만은 더 이상 반응 없이 내 말을 잠자코 듣고만

있었다.

"그럼에도 칼리프가 당신들을 왜 가만히 두었다 생각합니까. 칼리프가 당신의 병사를 두려워하는 것 같습니까? 사드리 아잠의 권모술수를 조금이라도 신경 쓸 것 같습니까? 이제 당신을 구명하러 왔다는 내 말을 조금이라도 믿으시겠지요?"

"단 하나만 묻고. 그다음부터는 어떠한 의문도 가지지 않은 채 시키는 대로 따르겠습니다."

"그러세요."

"지금 제 앞에 계신 분께선……. 칼리프의 친구입니까? 적입니까?"

슐레이만은 일생일대의 도박을 앞둔 이의 얼굴을 하고 있었다.

"나는 칼리프의 친구가 되고 싶은 사람입니다. 그의 성전에 당신과 당신의 군대가 보탬이 되었으면 해서, 당신을 설득하러 온 것입니다. 그래야만 나도 고향으로 돌아갈 수 있기 때문이지요."

그렇게 히든카드를 열어본 슐레이만은 그 카드가 온 열망을 담아 기다리고 있던 것이 아님을 깨닫고는 고개를 떨어뜨렸다.

―칼리프는 내 적입니다.

나는 그런 슐레이만을 향해 진짜 목적을 전음으로 보냈다. 그가 기다렸던 조커(Joker) 카드를 던진 것이다.

슐레이만은 홍해무역을 장악하여 거대한 부를 쌓아 올리고 살라딘의 칭호를 얻을 만큼 할라를 고도로 수련한 자다웠다.

머릿속에 타인의 목소리가 울리는 경험을 처음 했을 텐데도, 그토록 기다렸던 만족스런 대답을 듣게 되었는데도, 그는 고개를 조아리고 있는 그대로 가만히 있을 뿐이었다.

그렇다고 슐레이만이 내게 따라붙은 샤라프 암살단을 꿰뚫어 본 것은 아닐 것이다. 추측하고 있는 것뿐이겠지.

창밖을 향해 목소리를 터트렸다.

"칼리프께 전하거라. 화친을 위한 마지막 선물을 직접 전하겠노라고. 살라딘 슐레이만과 함께 바그다드에 들겠노라고! 칼리프의 답을 가지고 속히 돌아 오거라!"

슉. 슉.

검은 그림자들로 이뤄진 무리가 창밖을 스치고 지나갔다.

할 수 있는 한 되도록 많은 종류의 고급 요리들을 주문한 것이 틀림없었다.

식탁 위에는 분투한 요리사의 노력이 가득 펼쳐져 있었다. 온갖 다채로운 양념들로 굽고 찌고 끓인 생선 요리들과 코코야자 과실과 꿀 등을 비롯한 달콤한 식자재로 만든 디저트들 그리고 제철 과일들이 산더미처럼 쌓여 있다.

그러나 눈앞의 정경에 펼쳐진 수많은 크고 작은 은 접시들로 마음을 빼앗기에는, 매 끼니마다 지존천실에서 산해진미로 이루어진 최고급 황제만찬을 즐겼던 시절이 있었다.

내 마음을 끌고자 했다면 온갖 양념이 가미된 고급 요리들보다는, 어시장 상인들이 먹는 로컬 푸드를 내놓는 편이 더 나았을 거다.

배구 경기를 해도 될법한 거대한 식탁.

그 위에 올려진 은 접시 수만큼이나 엄청난 슐레이만의 자식들.

200명까지 센 후부터는 질려서 더 세지도 않았다.

그들 모두가 나를 공포의 대 악마처럼 두려워하고 있었으니, 식탁 분위기가 싸늘한 것은 어쩌면 이미 예고된 일이었다.

슐레이만은 그게 마음에 들지 않았다. 내게 양해를 구한 다음에 자식들 모두에게 불호령을 터트리고, 한 명도 빠짐없이 내쫓아 버렸다.

쫓겨나가는 모습이 인상 깊다. 조그마한 어린 자식들까지도 정예보다 정확한 자세로 오와 열을 맞췄다. 그 모습만 보면 출정식을 마쳐 전장으로 떠나는 장교들 같다.

"죄송합니다."

슐레이만이 말했다.

"한 명 한 명, 모두가 대단한 고수더군요. 그보다도 아비를 위해서라면 제 목숨 하나쯤은 아무렇지 않게 생각한 점이 더욱 놀라웠습니다. 모두 몇 명이나 됩니까."

슐레이만은 대답하지 못했다.

그저 눈웃음만 지었다.

식탁에서 잠깐 대화를 나눴을 뿐인데 자식들 모두가 총기(聰氣)를 지녔다는 것을 느낄 수 있었다.

뿐만 아니라 그것으로 그치는 게 아니라 자식들 모두가 철학, 인문, 과학, 군사 등 다양한 방면으로 뛰어난 고등교육을 받고 있음을 알 수 있었다.

슐레이만의 군사 집단 중 가장 강력한 조직이자 핵은 근위 보병도 아니고 기마대도 아니고 암암리에 키우고 있는 암살단도 아니다.

바로 그의 자식들이다.

그렇게 뛰어나고 많은 자식들을 낳을 수 있었던 데에는

슐레이만이 수련하고 있는 낭심의 할라 때문일 것이다.

"대부분이 할라를 수련하고 있더군요."

"맞습니다. 매년 마스지드와 바그다드의 타바카(군사학교)에 적지 않은 성금을 내고 있는 덕분에, 뛰어난 무다쓰리스(선생)들이 이 먼 곳까지 왕래해 주십니다."

"그렇군요. 아무쪼록 훌륭한 식사였습니다. 하면 언제쯤 출정이 가능합니까?"

"바그다드에서 답이 도착하기 전까지는 충분할 겁니다."

그가 공손하게 대답했다.

나는 고개를 끄덕이며 자리에서 일어났다. 시녀를 시켜도 되지만 슐레이만은 그가 직접 침소까지 길 안내를 자청하고 나섰다.

아치 구조물을 지나 길고 긴 복도를 걸었다. 그동안 마주치는 모든 이들이 벌벌 떨면서 길을 비켜섰다. 내 악명(惡名)이 궁전 구석구석까지 퍼진 거다.

슐레이만의 자식들 또한 그러했으니, 신분이 낮은 시녀나 병사들은 오죽했겠는가.

자하남에서 강림한 악의 화신, 샤이탄!

나를 두고 그런 식으로 부르고 있을 것이다.

슐레이만이 안내한 침소는 엉망이 된 그의 침소보다 훨

썬 나왔다.

빈객(賓客)에게 내주는 방이라 해도 너무 화려하고 크기도 대단했다. 황금기를 맞이한 절정의 문화가 집약된 공간이었다. 후에 알게 된 것인데 그 방은 하렘 안에 위치한 슐레이만과 그의 부인들을 위한 침소였다. 남편이나 가까운 친척 외에는 다른 남성의 출입이 절대적으로 금기된 곳이 하렘이다.

심지어 슐레이만은 그의 부인들 중 가장 아름다운 부인을 내 침소로 보내기도 했다.

그로부터 며칠 후.

바그다드에서 답이 왔다.

가부좌를 틀어 명상에 빠져 있던 나는 기척을 느끼고 눈을 떴다.

창 밖에서 검은 그림자가 미끄러지듯 들어와 우두커니 섰다.

"칼리프는 내가 보낸 화친 선물들을 흡족해하더냐?"

내가 물었다.

"그러하셨습니다."

그림자가 대답했다.

"그럴 테지. 슐레이만을 마지막으로. 이제 모든 살라딘들이 성전에 임할 테니까. 이쯤이면 본 교주의 진심을 보였다 하지 않겠느냐! 입궁은?"

"바그다드로 들어오라 하셨습니다."

"좋다. 슐레이만과 함께 찾아뵙겠다 전하거라."

그렇게 말하는 데 이가 악물렸다.

＊　　　＊　　　＊

바그다드에서 미리 서신을 보내놓았기 때문에, 슐레이
만의 대군(大軍)은 다른 술탄들의 영지에 들어서면서도
마찰없이 통과할 수 있었다.

며칠 지나지 않아서 전국적으로 소집령이 떨어졌다는
소문을 들을 수 있었다. 이를 증명하기라도 하듯 바그다
드에 가까워질수록 각지에서 군사를 이끌고 온 술탄들과
마주치는 일이 잦아졌다.

적게는 오백부터 많게는 수천까지.

무장한 병사들이 이슬람 각지에서 움직이고 있었으니,
바야흐로 전운(戰雲)의 감도는 일촉즉발의 시대로 돌입하
고 있었다.

바그다드까지 며칠 앞둔 저녁.

슐레이만의 군대와 조우하게 된 술탄들은 꼭 인사차 막
사를 방문했는데, 아르도우도 그러한 사람들 중에 한 명

이었다.

아르도우가 평안의 인사를 건네며 막사 안으로 들어왔다.

훑어보고 있던 책에서 잠시 시선을 떼고 그를 쳐다봤다.

명장의 손길이 닿은 훌륭한 갑옷을 입고 사내다운 턱수염을 기른 자였다. 또한 가슴에는 날이 선 '신의 칼'을 품고 있어, 전반적으로 자신감이 흐르는 모습이 보기에 좋았다.

그동안 슐레이만에게 인사하러 온 수많은 술탄들 중에서는 가장 당찬 모습이라 할 수 있겠다. 대부분은 슐레이만의 명성과 그가 가진 엄청난 군대의 규모에 주눅 들어 있었다.

아르도우가 자신이 맘스라(현재의 파키스탄 부근)를 다스리고 있는 술탄이라고 밝혔다. 슐레이만은 그런 아르도우를 환대했다.

행군 중이라 해도 슐레이만의 막사 안은 항상 진귀한 음식들로 가득하다.

"함께하시겠습니까?"

슐레이만이 내게 물었다. 아르도우의 시선도 내 쪽으로 향했다.

나는 고개를 저었다. 맘스라의 술탄은 슐레이만의 손님이 내 손님이 아니기 때문이다.

　매번 반복되는 대화보다는 책을 보는 편이 나았다.

　이슬람 제국에서 개인이 소유한 서적은 부의 상징이 된다. 슐레이만은 홍해 무역의 왕으로 칼리프 다음으로 가장 많은 부를 소유하고 있다 해도 과언이 아니었는데, 그는 누구보다도 많은 진귀한 장서들을 수집하고 있었다.

　그의 개인 도서관에서 학문의 왕이라 불리는 '이븐 시나'의 정본(正本)들을 발견했을 때가 생각난다. 그때 너무도 흥분해서 한국말로 대박, 대박! 하고 외쳤었다.

　[의학 정전]과 [치유의 서]외에, [아리스토텔레스의 형이상학 주석서], [플라톤의 미학에 관하여]등과 같은 치유의 서에서 못다 한 이야기들을 번외로 뺀 실전(失傳)된 저서들까지 있었다.

　모든 장서가 아랍어 혹은 페르시아어로 쓰여 있어 읽지 못한다고 해도 상관없었다. 이븐 시나의 캘리그래피(이슬람 서예)를 직접보고 그 향취를 느낄 수 있는 것만으로도 대단한 일이지 않은가!

　한편 맘스라의 술탄은 그간 슐레이만이 다른 술탄들을 맞이하면서 나눴던 대화들을 고스란히 반복하고 있었다.

　"이 전쟁은 지하드입니다. 위대하신 신께서 우리에게

행운을 내리실 겁니다."

"그렇지요. 다만 로마 제국과 대륙 중부와 북부에 걸친 수많은 소왕국들이 모조리 연합을 하겠지요. 위대한 신과 칼리프께서 우리를 잘 인도하시길 바라고 있을 뿐입니다."

"살라딘 네 분께서 모두 참전하실 뿐더러, 칼리프께서 모든 술탄들에게 소집령을 내리셨습니다. 서방으로 신의 말씀을 전파하는 일만 남았습니다. 그런데……."

아르도우가 잠시 뜸을 들인 뒤, 말을 붙였다.

"그 이야기 들으셨습니까?"

"아르도우 공도 '붉은 사막의 왕'에 관한 이야기들을 말씀하시려는 것이군요."

최근에 찾아온 술탄들은 전부 그 이야기를 했다.

내 이야기.

정확히는 바그다드에서 곧 있을 살라딘 무트타르와 붉은 사막의 왕간의 무투(武鬪)! 동방 제일의 전사와 이슬람 제국 제일의 전사가 출정식 날에 누가 제일인지를 겨룬다!

"그 대결만 생각하면 벌써부터 간이 흔들립니다. 그렇지 않습니까?"

간이 흔들린다?, 감정의 근원이 간에 있다고 생각하는

이슬람 사람다운 표현이었다.

그가 계속 말했다.

"살라딘 무트타르 공께선 과연 위대한 무슬림 전사이면서도 뛰어난 전략가이지 않습니까? 성전을 앞둔 병사들의 사기가 신께도 닿을 만큼 높아질 겁니다."

"무트타르 공이 그 대결에서 이겼을 때에 한해서입니다."

아르도우가 눈으로만 웃으며 고개를 끄덕였다.

그렇게 얘기한 사람이 슐레이만이 아니었다면, 말이 되는 소리를 하라며 화를 내던지 아니면 노골적으로 비웃음을 띄었을 것이다.

아르도우의 시선이 내 쪽으로 향했다.

내 정체에 대해서 궁금한 눈치였다. 맘루크라고 하기에는 나를 대하는 슐레이만의 태도가 너무나 공손했고, 맘루크가 아니라고 하기에는 딱히 떨어지는 설명이 없었다.

…… 설마? 에이 아니겠지.

그런 표정이 아르도우에게서 나타났다 사라졌다.

바로 그때였다.

무트타르가 막사 휘장을 걷어 올리며 나타났다. 아르도우는 물론이고 슐레이만 또한 무트타르와 대면했던 적이 없는지 그를 알아보지 못했다.

슐레이만의 장성한 아들이 무트타르가 들어오고 나서 한 박자 늦게 막사 안으로 뛰어 들어왔다. 아들의 귓속말을 듣는 슐레이만의 만면으로 의미심장한 미소가 번지기 시작했다.

반면에 아르도우 만이 영문을 모르겠다는 듯이 무트타르를 빤히 쳐다보고 있었다.

"반갑습니다. 무트타르 님. 바그다드에서 기다리시지, 여기까지 마중 나오신 것입니까. 아직 바그다드까지 한참 남았습니다."

무트타르?

내 그 말에 아르도우의 눈이 번쩍 떠졌다.

"나의 카이파(영적 수련의 동반자)께서 오시는데 당연하지 않소? 내가 그대를 영접하겠소. 자아 이쪽으로."

어떠한 기운이나 기술을 쓴 것도 아닌데, 무트타르의 목소리가 웅웅 울리는 것처럼 들렸다. 그러면서 무트타르는 바깥쪽으로 팔을 뻗었다. 같이 천막에서 나가자는 거다.

책을 덮고 일어났다.

"바그다드에서 뵙겠습니다."

슐레이만에게 말했다.

"예."

슐레이만이 나와 무트타르를 번갈아 쳐다보며 대답했다.

그때 아르도우가 끼어들었다.

"살라딘 무트타르 공이십니까?"

무트타르가 그렇다고 대답하자, 놀란 얼굴이 된 아르도우가 내 쪽으로 시선을 꺾었다.

"그럼…… 당신이?"

무트타르와 나는 대지 위를 달렸다. 우리는 평지에서 전력을 다해 뛰는 말보다 빨랐다. 한 번의 도약으로 이 산에서 저 산으로 하늘 위를 날았다. 놀란 산양들이 천방지축처럼 날뛰고 산새들이 날개를 푸드덕거렸다.

무트타르는 그가 낼 수 있는 가장 빠른 속도로 내달렸고, 그건 나도 마찬가지였다.

이윽고 우리는 어깨를 나란히 한 채로 한 언덕 위에서 멈춰 섰다. 바그다드와 그 일대의 광경이 한눈에 들어오는 곳이었다.

중심에 제국의 심장부인 3중 석벽의 원형 도시가 있고 그밖에 100만 명이 들어찬 주거 지역이 펼쳐져 있는 것은 전과 다름이 없다.

하지만 그 밖으로 교역시장과 황무지가 펼쳐져 있던 자

리에 군 막사가 발 딛을 틈조차 없이 들어차 있었다. 헤아릴 수 없을 만큼 많은 곳에서 식사 짓는 연기들이 모락모락 피어오르고, 잡다한 소리들이 먼 이곳까지 들렸다.

엄청난 대군이다.

대국의 황제는 이슬람 제국의 총력(總力)이 동방이 아닌 서방으로 향하고 있다는 것에 천지신명께 감사드려야 할 것이다.

"칼리프가 그대를 기다리고 있소. 갑시다."

우리는 다시 하늘 위로 도약했다.

＊　　　＊　　　＊

"조심하시오."

무트타르가 내 곁을 스쳐지나가면서 말했다.

멀어져가는 그에게서 시선을 떼고 정면으로 고개를 돌렸다.

성안으로 이어지는 커다란 아치형 구조물 안에서 나를 칼리프로 인도할 대신이 걸어오고 있었다.

전 시간대에서 한 번 인연이 있던 자라 나는 짧은 웃음을 지었다.

"전하. 라만이라 하옵니다. 여기서부터는 제가 안내하

겠습니다."

라만을 따라 들어가 몇 개의 아치형 구조물을 통과했다.

그러자 천상의 낙원이라고 칭해도 손색이 없을 아름다운 정원이 펼쳐졌다. 음험한 독사 한 마리가 잘 보이는 위치에서 똬리를 틀고 있지만 않았어도, 아름다운 정경을 바라보는 것만으로 기분이 좋아졌을 것이다. 그러나 그 음험한 독사는 인위적으로 만들어진 작은 폭포 앞에 위치한 돌의자 위에 앉아 있었다.

라만이 그 음험한 독사, 늙은 황제 칼리프를 향해 허리를 숙인 다음 들어왔던 곳으로 사라졌다.

가만히 서서 칼리프가 하는 짓을 지켜봤다. 그는 쭈글쭈글한 집게손가락으로 모래시계의 곡선면을 따라 그어 내리고만 있을 뿐, 별다른 말이 없었다.

그러던 문득.

그가 고개를 들고 나를 쳐다봤다.

그와 눈이 마주치는 순간, 나는 진정 느낄 수밖에 없었다.

저번에 마주쳤을 때에는 힘을 모두 숨기고 있었구나!

"내 선물들을 잘 받으셨다 들었소."

내가 먼저 말문을 열었다.

"무트타르와 대결을 하겠다고?"

"무트타르를 포섭하기 위해 어쩔 수 없었소. 또한 칼리프는 본래 반역자들의 피로 사기를 진작시키려 하지 않았소? 하지만 이제는 그리하지 못하게 되었으니, 병사들의 사기를 진작시키기엔 그만한 행사만한 것도 없을 거라 생각했소."

놈은 턱을 괴고선 고개만 살짝살짝 끄덕거렸다.

"무트타르에게 거짓 패할 것이오. 그럼 병사들의 사기는 하늘을 찌를 것이니, 칼리프는 그대로 서방으로 가 큰 전쟁을 치루면 되오. 나는 내가 왔던 곳으로 교도들과 돌아가겠소."

놈의 반응이 신통치 않았다.

그러나.

"그리고 때가 되면 지금의 수모를 갚을 것이오."

내가 그렇게 말을 끝내는 순간, 비로소 놈이 기분 나쁘게 웃는 것으로 반응을 보였다.

"수모를 갚겠다?"

"그렇소. 지금의 수모를 내 어찌 잊겠소. 잡설은 이쯤하고 이제 칼리프가 결정하시오. 내 선물을 받을 것이오? 말 것이오?"

"받고말고. 그대가 나를 위해 그리 많은 선물들을 준비

하였으니 나 또한 그대를 위해 준비해 둔 것이 있다. 그대
도 받아주었으면 좋겠군."

칼리프가 의자 옆에의 수풀 쪽으로 발을 뻗었다. 그리
고는 그것을 발로 끌어서 내 쪽으로 가볍게 찼다. 돌부리
와 고르지 못한 지면 위를 통통 튀듯이 굴러왔다.

온몸이 부들부들 떨리고 이가 딱딱 부딪쳤다.

"흑웅혈마……."

그것은 멍과 상처로 가득한 한 노인의 얼굴이었다.

몸은 어디로 갔습니까. 아아. 이번에도 이렇게 죽은 것
입니까.

입만 뻐끔거려졌다.

흑웅혈마의 얼굴을 품 안으로 끌어안았다. 흑웅혈마의
얼굴에 묻은 흙먼지를 털어낸 후 두 눈을 질끈 감았다. 눈
전체가 뜨겁다고 느꼈다.

라쿠아님! 저는 더 이상 참기가 힘듭니다. 대체 어디까
지 인내(忍耐)해야 한단 말입니까.

그 절규만이 심연 속에서 메아리치고 있었다.

핏발이 선 눈을 떴다.

놈은 태연하게 모래시계를 만지작거리면서 내 반응을
살피고 있었다.

얼핏 보면 따분하다고 느낄지 모르겠지만, 실은 이러고
도 덤비지 않을 것인가?, 라는 도발이 놈의 눈빛 속에 섞
여 있었다.

놈은 나를 시험하고 있는 것이다.

"내 제안을 거절한 것으로 알겠다. 우리는 다시 적이
다."

등 뒤로 손을 뻗었다. 검자루를 쥐었다. 어깨 위로 잡아
당기자, 영묘(靈妙)한 흑천마검의 검신이 검은 천 밖으로
모습을 드러냈다.

흑천마검을 바라보는 놈의 표정이 과연 좋지 않았다.

"잠깐. 참을성이 없군. 정녕 영원토록 나와 싸우고 싶
은가?"

"네놈과 화친하고자 했다. 그래서 살라딘들을 규합해서
네놈에게 보냈고, 네놈을 동방의 예도로 대하였다. 헌데
네놈은 끝까지 나를 시험하는구나."

이대로 튀어 나가 놈의 목을 단칼에 베어버리고 싶다,
그렇게 몸이 움찔거려댔다.

"이래야 붉은 사막의 왕 답지. 휘두르려고 꺼낸 것은
아닐 테고, 이제 합일을 하겠군? 크흐흐."

놈의 입에서 가래가 섞인 듯한 웃음소리가 작게 새어
나왔다.

"시간을 되돌리고 싶거든 네놈 마음대로 하거라. 네놈이 할 수 있는 건 그것뿐, 그것으로는 아무것도 달라지는 것이 없다는 걸 네놈 또한 잘 알 것이다. 바그다드는 항상 불탈 것이며, 네놈의 병사들은 한 놈도 빠짐없이 죽을 것이다. 시간을 되돌릴 때마다, 우리는 항상 네놈을 찾아올 것이다. 그렇게 억겁의 시간을 보내 보자!"

흑천마검의 검 자루를 힘껏 쥐었다. 그런 다음 흑천마검과 합일을 하려던 그때, 놈이 한마디 툭 내뱉었다 .

"그대가 바라던 대로 되지 않았는가."

끌어올리던 공력을 다시 단전으로 되돌려 보내며 놈을 쳐다봤다.

"나는 그대의 제안을 받아들였다. 대결이 끝나는 대로 붉은 사막으로 돌아가도 좋다."

양 손바닥으로 흑웅혈마의 싸늘한 뺨이 닿아 있다. 나는 흑웅혈마의 얼굴을 한참을 바라보다가 얼굴을 일그러 트렸다.

"헌데 왜! 이렇게까지 내 분노를 자아내는 이유가 무엇이냐? 네놈은 흑웅혈마를 죽이지 않을 수 있었다. 왜 죽인 것이냐!"

놈은 거기에 대해 답하지 않았다. 아랫사람에게 하는 것처럼 꺼지라는 듯이 손바닥만 까닥거리는 게 전부였다.

"피곤하구나. 그만 내 앞에서 물러가거라."

놈은 더 이상 나를 상대하는 것이 귀찮은 것처럼 말했다.

"언젠가 이날을 후회할 날이 올 것이다. 이 수모를 갚고 말겠다."

이를 갈며 말했다.

하지만 놈은 아무런 반응도 하지 않는다.

언제고 시간을 되돌리면 그뿐이다, 아마도 그렇게 생각하고 있는 것이다.

목이 잘린 흑웅혈마의 얼굴을 품에 안고 있을 때, 정말로 참기 힘들었다. 하지만 분노를 넘어서 그것을 행동으로 옮기는 순간, 지금까지의 노력이 모두 물거품으로 변한다는 것을 잘 알고 있었다.

궁전에서 나온 나는 햇볕이 잘 드는 땅을 찾아 흑웅혈마의 얼굴을 묻었다.

"조금만 더 참고 기다려줘. 미안하다."

명복을 비는 대신 그렇게 말했다.

―애송이.

흑천마검의 목소리가 머릿속에서 울렸다. 그렇지 않아도 입이 근질근질했을 텐데 녀석은 조촐한 장례를 마칠

때까지 조용했었다. 녀석의 배려가 느껴졌다.

—조금 전에는 이 몸조차 조마조마하였다. 우리가 합일하였다면 그 늙은 인간 놈이 시간을 다시 되돌렸을 것 아니냐?

—그랬을 테지.

—그럼 끝이다. 다시는 그 인간 놈에게 이렇게 가까이 접근할 수 없을 것이다. 인간 놈이 너를 말릴 것이란 걸 알고 있었냐?

—아니. 그땐 진심이었어. 나 자신을 먼저 속이지 못한다면 무슨 수로 그 늙은 능구렁이를 속일 수 있을까. 그렇다고 안심하긴 일러. 놈이 우리를 100% 믿을 리가 없으니까. 이제 얼마 남지 않았어. 조금만 더…… 기다리면 돼.

—그때까지 인간 놈이 허튼 생각을 하면 안 되는데. 체엣. 위대한 이 몸께서 이런 걱정까지 해야 한다니.

—일단 가장 힘든 부분은 넘겼어. 이제 놈은 출정식까지는 시간을 되돌리지 않을 거다.

—확신하고 있군?

—놈이 시간을 되돌리지 않는 건 두 가지 이유에서다.

놈에게 세상은 마치 게임 같을 것이다. 이쯤이면 괜찮다 싶을 때 save하고, 계획한 대로 되지 않으면 저장한 지점을 load하면 된다.

언제고 적정 지점부터 재시작할 수 있으니 삶에 긴장이 있을 수가 없다. 고통이란 것도 그것이 영원하지 않을 거란 걸 알게 된 순간, 그것은 고통이 아니게 된다.

긴장 속에 노력하고, 고통을 견디며 목표를 성취했을 때 오는 것이 행복이다.

행복하고 싶지 않은 사람은 어디에도 없다. 놈도 마찬가지다.

차라리 사색을 통해 진리를 탐구하는 철학가적 성향을 지닌 인간이었다면……. 놈에게 주어진 무한대의 시간 속에서 무궁무진한 행복을 느꼈을지도 모른다. 철학가들은 인간의 짧은 생을 비탄(悲嘆)한다.

그러나 단언컨대 놈은 그런 성향의 인간은 절대 아니었다.

그래서 지하드라는 종교적 의무에 그렇게도 매달려 왔는지도 모른다. 수차례 반복된 시간, 영생에 가까운 시간을 살아오는 동안 일상에서 느낄 수 있는 행복이 퇴색될 대로 퇴색해졌을 테니까.

이제는 save와 load를 반복하며 지하드라는 미션을 완성해 나가는 과정만이, 놈의 유일한 행복으로 남았을 거다.

—놈도 내 제안을 받아들이는 것만이 우리의 싸움을 끝

낼 수 있는 유일한 길임을 모를 리가 없다. 이게 첫 번째 이유다.

우리의 싸움이 끝나야, 비로소 놈도 서방 출정(西方 出征)을 생각할 수 있다. 오랜 시간을 반복하며 준비에 준비만을 해왔던 그 전쟁을!

—더욱이 우리는 살라딘 모두를 규합시켜 주기도 하였지. 다른 하나는 어쩔 수 없는 방심 때문이다. 우리가 무슨 꿍꿍이가 있어 보이던 놈에게는 가소롭기 짝이 없을 거다. 언제고 시간을 되돌리면 되니까, 특히 지금처럼 신선한 상황은 끝까지 지켜보고 싶겠지. 아니 그렇겠어?

그리고 그 방심이 놈을 죽일 거다.

—아무렴 상관이 없다! 그 늙은 놈의 육신을 씹어 먹을 수만 있다면……

제8장

변함없는 대답

라쿠아와 얘기했던 결정일(決定日)이 얼마 남지 않았다.
그날의 대화를 다시 떠올렸다.

'칼리프가 위대한 신의 권능에 도전하지 못하게 하고
싶지?'
'제게 그 방법을 알려주십시오.'
'먼저 하나 약속해줄래?'
'비스말라(신의 이름으로). 너는 네가 바라는 '그때'로
돌아갈 수도 있을 거야. 그렇게 되면 지금은 심판의 날
이 도래한 것처럼 이 모든 게 결국 무로 돌아가겠지. 그

래도 너를 나에게 인도하신 신의 자비를 잊지 말아줘.'

'그게 무슨 뜻입니까. 제가 정말 '그때'로 돌아갈 수 있다는 말씀입니까?'

'인 샬라(Inch'Alla: 신의 뜻대로).'

'알겠습니다. 약속하지요.'

'그래. 그 약속 꼭 지켜야 해.'

'이제 말씀해 주십시오. 라쿠아님. 그 방법이 무엇입니까? 어떻게 해야 칼리프를 막을 수 있겠습니까.'

'내가 할 수 없는 일을 네가 할 수 있고, 네가 할 수 없는 일을 내가 할 수 있어. 그래서 신께서 너를 내게 인도하신 거야.'

'그 말씀은 라쿠아님도 이 싸움에 함께하셔야 한다는 말씀이시군요. 그럼 제가 할 수 있는 일은 무엇이고, 라쿠아님이 할 수 있는 일은 무엇입니까.'

'너는 백만 개의 얼굴을 가지고 있지 않고, 나 또한 날개가 네 개나 있지 않지. 하지만 신께서 나를 이스라필(israfil)이라 부르셨을 때, 나는 네게서 미칼(Mikha'il)을 보았어. 너는 미칼의 성검을 쥐고, 나는 이스라필의 뿔피리를 부는 거야. 알겠니?'

'저는 무슬림이 아닙니다. 하지만 무슨 말씀인지는 알겠습니다. 라쿠아님께 칼리프가 시간을 되돌리는 것을

저지할 능력이 있다고, 이해했습니다. 그렇습니까?'

'맞아. 너는 참 똑똑하구나?'

'그럼 지금 바그다드로 가면 되겠군요! 라쿠아님께서 칼리프가 시간을 되돌리지 못하게끔만 하신다면, 저는 언제고 그를 처치할 수 있습니다.'

'지금? 지금은 아니야.'

'……'

'서두를 거 없어. 섭리는 네게 있어.'

'그럼 언제입니까?'

'돌아오는 만월(彎月)에 신께서 그에게 축복을 내리지 않는다면……. 만일 그렇다면 너는 어떻게 할 거야?'

'돌아오는 만월에 칼리프가 시간을 되돌리지 못한다면 말입니까?'

'응.'

'그렇다면 그때까지 시간을 끌어야겠지요.'

'응.'

'칼리프의 주의를 끄는 일은 자제할 겁니다. 그렇다고 가만히 있으면 그가 저를 수상케 여기고, 도리어 그쪽에서 먼저 공격을 해올 수도 있으니. 음……. 이렇게 할 것 같습니다.'

'들려줘.'

'칼리프는 오로지 성전만을 바라보며 수많은 시간을 살아온 자입니다. 성전이 코앞에 이른 순간 제가 나타나는 바람에 진행이 멈춘 상태지 않습니까? 멈춘 것뿐이 아니라 헤아릴 수 없을 만큼 같은 시간대만을 되풀이하고 있지요. 그런 그에게 성전이 가까워지는 길을 보여준다면? 그러면 궁금해서라도 시간을 되돌릴 생각을 하지 못하겠지요.'

'그럴 거야. 그런데 어떤 식으로?'

'칼리프 대신, 제멋대로인 살라딘들을 규합해서 성전에 참전케 할 겁니다. 그러면서 이렇게 말해야겠지요. 살라딘들과 그의 군대들은 내가 보내는 화친의 선물이고, 나는 모든 것을 포기하고 순순히 붉은 사막으로 돌아가겠노라고.'

'그럴 수 있어?'

'예. 전 살라딘 무트타르와 대결을 가지게 될 겁니다. 장소는 바그다드. 날짜는 출정식 당일이 되겠지요.'

'그리고?'

'무트타르는 진정한 저의 맞수이자 친우(親友)입니다. 그에게 실례를 하는 것이라 마음이 걸리겠지만, 저는 그와 대결하던 도중에 칼리프를 치게 될 것입니다.'

'그렇게 해. 그런데 빠트린 게 있어. 너는 만월이 돌아

오는 날에 출정식이 있길 바라지만, 출정식을 결정하는
건 네가 아니라 칼리프야.'

'그래서 만월이 돌아오는 날 출정식이 있도록 최대한
개입을 해야겠지요.'

'아니. 그럴 필요 없어. 우연이면서 필연, 필연이면서
도 우연으로 나를 찾아왔듯이 신께서 너를 인도하실 거
야. 진정 신께서 우리에게 축복을 내리신다면, 너는 그날
성검(聖劍)을 휘두르고 나는 뿔피리를 불 수 있을 거야.'

'……. 알겠습니다. 그럼 돌아오는 만월을 결정일(決
定日)로 잡겠습니다.'

상념을 마칠 무렵이었다.

바그다드 궁전에서 나온 이후로 무트타르의 막사에서 머
물고 있었다. 막사 안으로 무트타르가 들어왔다. 그는 조금
은 흥분에 찬 얼굴을 하고 있었다.

"출정식이 잡혔소."

그러니까 우리의 대결 날짜가 잡혔다는 것이다.

"언제입니까?"

라쿠아와 나눴던 대화들을 떠올리며, 곧 들려올 날짜에
귀를 기울였다.

"만월이 돌아오는 날이요."

그가 대답했다.

*　　　*　　　*

무트타르는 내가 계속 막사에 머물길 원했다. 그러나 내가 그와 같은 진형 안에 머무는 것 자체가 그의 수련에 방해가 된다는 것을 잘 알고 있었다.

그래서 대결일에 만나자는 쪽지를 남긴 뒤, 막사를 떠났다.

어차피 그날까지 며칠 남지 않았다. 바그다드 바스라 지구에 있는 카라반 사리에 방을 잡고 명상과 운기행공에 매달렸다.

"방을 치우지 않아도 좋소. 방해하지 마시오."

그 말과 함께 카라반 사리의 주인 손에 쥐여 준 디나르 금화 한 닢은, 매 끼니때마다 문 앞에 물 잔과 음식이 담긴 그릇을 만들었다.

배를 채우지 않아도 좋다. 적당한 공복감은 긴장을 유지시켜 준다. 하지만 갈증은 그렇지 않은 법.

문을 열었지만 평상시와는 다르게 아무것도 준비된 게 없었다.

주흐르 예배 시간 전후로 들리는 사카(물장수)들의 딱딱

이 소리를 기다렸지만 그조차도 들리지 않았다. 이상함을 느낀 나는 밖으로 나왔다.

사람들로 북적거려야 할 거리가 무척이나 한산했다.

마침 목이 마르기도 해서 사비르(급수용 샘물)를 찾아 거닐고 있는데, 포고문이 자주 눈에 띄었다.

특히 문서를 대필해 주는 집, 과자 가게, 이발소, 공중목욕탕, 사이스(마부) 거리와 같이 사람이 자주 모이는 곳은 건물 외벽에는 도배되다시피 붙어있었다.

그런데 붙여진지 꽤 시일이 지났을 것 같았음에도 훼손된 곳 하나 없이 멀쩡했다. 칼리프의 히테름(도장이 딸린 반지)이 찍혀있기 때문인 것 같았다.

사람들이 모여 있는 곳이 있었다.

마스지드에 예배드리러 가던 여인도, 포목점 노상 판매대에서 장사를 하던 상인도, 우드를 연주하고 있던 악사도.

모두 하던 일을 멈추고 거기에 있었다.

사람들 틈을 비집고 들어가 모두의 시선이 향해 있는 곳을 쳐다봤다.

본래 붙어 있던 포고문 아래, 새로운 포고문이 붙어 있었다.

"무슨 내용입니까?"

나처럼 글을 읽지 못하고 뒤늦게 도착한 이가 사람들에게 물었다.

"만월이 돌아오는 날! 가맘 지구에서 출정식을 가지고 살라던 무트타르님과 붉은 사막에서 온 왕 간의 대결이 있다는 말씀이라네!"

한 사내가 큰소리로 외쳤다.

그렇지 않아도 술렁거리던 주위가 더욱더 시끄러워졌다.

"만월이 돌아오는 날이 언제야?"

누가 외쳤다.

그러자 흰 수염을 배꼽까지 기른 늙은 무다쓰리스가 말했다.

"이틀 후라네."

사람들이 마스지드에서 나온 이 무다쓰리스를 향해 살짝살짝 고개를 끄덕여 보이는 것으로 존경을 표하기 시작했다. 그리고 언제 그랬냐는 듯이 사람들은 다시 성전과 출정식에 있을 대결을 두고 시끄럽게 떠들어 댔다.

한 젊은 사내가 사람들 사이를 비집고 들어왔다. 그는 무다쓰리스 앞까지 향했다.

사내가 무다쓰리스에게 평안의 인사를 건네며 말했다.

"선생님께서 가르쳐 주십시오."

"무엇을 말인가."

"선생님…… 서방 출정이 진정 지하드를 이행하는 길인

건지요? 성서의 말씀에 '너희를 상대하여 싸우는 자에게 대하여 신의 이름으로 싸우라. 그러나 침략하지 말라. 신은 침략자를 사랑하지 않으신다.'라고 하셨습니다. 국경에서 잦은 다툼이 있지만 그것은 국경에서 불가피한……!"

사내의 말이 갑자기 끊어졌다. 그때 사람들의 시선은 모두 사내에게로 쏠려있었다.

사내는 제 나름대로 조용히 말한다고 했던 것 같지만, 사내가 한 말은 워낙 민감한 사안이었으며 또한 대세를 거스르는 말기도 하였다.

"그……. 그게……."

사내는 도망치듯 자리를 떠났다.

그런 사내를 보고 사람들은 무나피쿤이라며 손가락질했다.

바그다드의 대중들은 흥분한 상태였다.

위대한 술탄, 살라딘들이 엄청난 군대와 함께 시내밖에 진을 펼친 이후로, 전국 각지에서 군대들이 몰려들기 시작했다.

거룩한 전쟁이 머지않았다는 말이 들렸다. 지평선까지 펼쳐진 군 막사들을 보면 사실인 것 같다. 그러던 어느 날 시가지에 포고문이 붙었다. 소문은 사실이었다.

그날 이후로, 바그다드 대중들은 모이는 자리마다 모두

그 이야기만 했다.

신의 말씀을 전파하기 위한 서방 출정!

이교도들과의 전쟁!

그러던 어느 날 한 새로운 소문에 사람들은 더 흥분했다.

위대한 신의 전사 vs 붉은 사막의 왕!

그 소문은 가뜩이나 뜨겁게 달궈져 있던 대중들의 가슴에 기름을 끼얹는 꼴이었다.

무다쓰리스에게 질문을 던졌던 사내가 흥분한 대중들에게 쫓기는 광경을 바라보고 있었던 그때, 내게 접근하는 기척을 느꼈다.

손길이 어깨에 닿았다. 하지만 살기가 담겨있지 않았다.

그래서 차분하게 고개를 돌렸다. 놀란 얼굴을 한 타바이가 서 있었다.

"설마설마했는데!"

타바이의 얼굴에 밝고 큰 미소가 번졌다.

"검은 천에 돌돌 싼 그 검을 보았을 때, 설마설마하였다고!"

그런 타바이의 어깨너머로 여전히 무뚝뚝해 보이는 말툰이 보였다. 나와 눈이 마주치자, 그가 어쩔 수 없이 눈인사를 건네 왔다.

"여기에는 무슨 일이야."

내가 물었다.

"너야말로!"

타바이가 말툰을 향해 고개를 돌렸다.

"말툰. 내 말이 맞지? 내가 뭐랬어. 정과 마주칠 수도 있다고 했잖아."

그러나 말툰은 그 자리에 없었다. 포고문 앞에서 그를 발견 할 수 있었다.

"나디아는 숙소에 있나?"

"역시 그녀부터 찾잖아? 조하르의 아름다운 딸은 카라반과 함께 에게해로 갔어. 최전선 알렉산드로폴리스로. 아마 거기에서 카라반은 3대를 물려줄 부를 쌓겠지. 그동안 매집한 철과 병기들이 어마어마했잖아. 섭섭하게 떠난 사람 얘기는 그만하고. 바그다드에는 무슨 볼일이야?"

우리는 내가 머물고 있는 카라반 사리로 자리를 옮겼다. 공중목욕탕 뒤쪽의 어스름한 골목길 어디쯤이었다.

타바이와 말툰은 그간 카라반에서 받은 수당들을 모두 가족에게 건넨 후 바그다드로 왔다고 하였다.

"성전에 참전하려고 하였지. 그런데 부대 편성이 끝났으니 조만간 잡힐 2차 출정일까지 기다려, 다시 지원하라더군."

성전에 참전하기 위해서 왔다지만, 전사인 둘의 관심은 출정식에 있을 무트타르의 대결로 쏠려 있었다.

"붉은 사막의 왕에 대한 소문을 듣자마자 네가 생각났어. 너도 붉은 사막에서 왔잖아. 그제야 그토록 네가 찾아 헤매던 사람이 누구인지도 알겠더군. 넌 너의 왕을 찾고 있었던 거였고, 넌 붉은 사막의 왕의 측근이었던 것이었어."

타바이가 완전히 확신한 얼굴로 말했다. 심지어 그는 제 말이 맞는지 확인조차 하지 않았다.

"넌 붉은 사막의 왕이 이기길 바라고 있겠지만."

"안타깝군."

타바이와 말툰이 차례대로 말했다.

타바이와 말툰은 붉은 사막의 왕이 비록 이교도들의 왕이지만, 친구가 섬기는 자였기에 그의 죽음을 애도하며 벌써부터 샤하다(shahadah:교리 기도문)를 읊을 기세였다.

둘이 내가 묶는 카라반 사리에 방을 잡았다.

붉은 사막의 왕이 위대한 살라딘 무트타르에게 패해 시신을 수습해야 할 상황이 오면 도와주겠다는 게 그 이유였다.

*　　　*　　　*

결정일(決定日)이야. 눈을 떠.

라쿠아가 꿈에서 말했다.

단순한 꿈이 아니라, 꿈을 매개체로 삼아 보낸 라쿠아의 전언이었다.

섭리는 네게 있어. 우연이면서 필연, 필연이면서 우연으로. 네가 만월(彎月)을 만드는 거야.

*   *   *

결정일 당일.

모든 준비가 끝난 상태다.

살라딘들의 군대가 바그다드를 포위하듯 진형을 이루었고, 무트타르와의 대결도 성사되었다.

출정식은 주흐르 예배 시간 이후로 잡혀 있었는데, 아침 잠 많은 타바이의 목소리가 이른 아침에서부터 들렸다.

타바이와 말툰은 2층 홀에서 조용한 목소리로 대화를 나누고 있었다. 말툰이 설레서 잠을 이룰 수 없었다고 말했다. 타바이가 거기에 동조하면서도 내가 걱정된다고 덧붙였다.

그다음부터는 '붉은 사막의 왕이 죽는 순간, 정(Jung)이

충동적으로 벌일지도 모르는 난동과 그것을 말릴 방법'에 대한 이야기로 넘어갔다.

계속 방 안에만 있었다.

가부좌를 틀고 앉아 운기 행공을 하고 가볍게 몸을 풀어 두는 등, 전투에 임할 준비로 시간을 보냈다.

이윽고 주흐르 예배 시간이 끝났을 때 문밖에서 나를 부르는 타바이의 목소리가 들렸다.

둘과 함께 가맘 지구로 이동했다.

"대단…… 하군."

말튼이 중얼거렸다.

가맘 지구의 사방으로 뻗은 십자(十字)형 거리 끝. 살라딘 넷의 기마대와 이르다슈(근위 병사)가 대열해 있었다.

예니체리를 비롯한 칼리프의 군대가 대결장을 원형으로 둘러싸서 날카로운 창 촉들을 치켜세우고 있었고, 마스지드의 성자들이 읊는 기도문 소리가 병사들 사이사이에 충만히 흘러넘쳤다.

우리는 대결장이 한눈에 들어오는 언덕에 자리를 잡았다.

우리보다 먼저 도착해 있는 사람들로 발 디딜 틈 없이 복잡했다.

"여기는 너무 멀어."

타바이가 투덜거렸다.

하지만 관람석으로 빼둔 공터는 서방으로 출진할 병사들을 위한 곳이었다.

칼리프가 와지르들과 함께 모습을 드러내면서 타바이의 투덜거림도 사라졌다. 다프 소리 수백 개가 동시에 쿵쿵 울리니, 대중들의 몸도 움찔움찔거렸다.

동쪽 거리에서 장교들을 앞세운 자하라의 군대가 행진을 시작하자마자, 서쪽에서 나샤마, 북쪽에서 슐레이만, 남쪽에서 무트타르의 군대도 같은 속도로 움직였다.

그것으로 거의 세시간이 넘게 진행된 출정식이 시작됐다.

타바이와 말툰은 단 한마디도 없었다. 오감을 마비시킨 전율에 눈만 깜박거리고 있을 뿐이었다. 그랬던 그들이 정신을 차린 건 칼리프의 명령과 함께 무트타르가 대결장 위로 올라왔을 때였다.

거대한 시미타를 각각 양손에 움켜쥐고 무대로 올라온 무트타르는, 이번에도 신화 속에 나오는 영웅 같은 모습이었다.

무트타르가 무대 위로 올라온 그대로 성지가 있는 방향으로 절을 하자 일대가 숙연해졌다.

"붉은 사막의 왕이여. 나 무트타르가 그대를 기다리고 있소! 어디에 있소?"

일대가 조용해졌기에, 그의 목소리가 더 크고 웅장하게
울렸다.

대중들이 숨을 죽이고 무대를 지켜봤다.

타바이와 말툰도 그랬다.

"정. 너의 왕은 어디에……?"

타바이가 내게 고개를 돌리며 그렇게 물었을 때, 나는 이
미 발바닥을 가볍게 구른 상태였다.

"뭐, 뭐야!"

타바이가 나를 향해 손을 뻗었다. 타바이의 손끝이 내 몸
을 아슬아슬하게 스쳤다.

휘익!

크게 날아올라

타악!

무대 위로 내려섰다.

무트타르가 존경의 뜻을 담아 고개를 살짝 숙였고, 나 역
시 그런 무트타르에게 포권했다.

오셨소? 오늘이오?

그의 눈이 말했다.

그렇습니다. 바로 오늘입니다.

우리의 눈빛이 허공에서 마주쳤다.

*　　　　*　　　　*

　　청검은 허리띠에 검집 채로 달려있고, 흑천마검은 검은 천에 돌돌 말려 등에 매어져 있다.

　　내 손이 청검 쪽으로 향하자 무트타르가 딱 한 번 고개를 좌우로 저어 보였다. 모든 걸 이번의 결투에 쏟아 부어야 하오, 그의 눈빛이 그리 말했다.

　　청검을 쥐는 대신 허리띠를 풀었다. 무대 밖으로 그것을 던진 후에 흑천마검을 쥐었다. 비로소 무트타르의 고개가 끄덕여졌다.

　　"시작하라!"

　　우리는 목소리가 들려온 쪽으로 고개를 들었다.

　　고대 마야 제국의 제단처럼 높게 세워진 단상 위.

　　스마그라이트와 상아(象牙) 그리고 금은(金銀)으로 만들어진 의자가 놓여 있다.

　　거기에 놈이 앉아 우리를 오만하게 내려다보고 있었다. 가뭄 진 땅처럼 메마른 저 입술 안에는, 아마도 세 갈래로 갈라진 혓바닥이 파르르 파르르 떨리고 있을 것이다.

　　기다려라. 놈!

　　"그럼."

　　무트타르의 오른 무릎이 살짝 올라가더니 무대를 밟았

다. 빠르고 가볍게 일어난 동작이었으나 쿵, 하고 울린 소리는 코끼리가 발을 구르는 소리처럼 컸다.

시미타 두 개가 대리석 바닥에서 뽑히며 허공으로 튕겨 올라왔다. 무트타르의 양팔이 교차했다. 어느새 무트타르의 두 손에는 그의 몸집만 한 거대한 시미타 한 자루씩이 들려 있었다.

우아아아!

병사들이 소리 질렀다.

나는 병사들이 열광할 시간을 충분히 준 후에 검은 천을 풀었다.

한 바퀴씩 풀려지면서 검신이 단계적으로 드러날 때마다, 여기저기서 탄성이 터져 나왔다.

이슬람 민간 전설에 나오는 마녀들처럼 마석을 배치하고 향을 조제하고 결인(結印)을 맺지 않더라도, 이미 흑천마검의 검신에는 어둠의 기운이 충만하다 못해 넘쳐흐르고 있었다.

평소보다 과했다. 녀석도 흥분하고 있는 것이었다.

"가겠소."

무트타르의 눈빛이 변했다.

지난 대결에서도 우리의 첫 일합(一合)은 전초전치고는 과다한 힘이 흘러넘쳤었다. 그러나 이번에는 첫 수부터 전력이다.

이전의 대결을 수없이 복기했을 그였다. 즉, 우리에게는 전초전이 필요 없었다.

무트타르는 단지 서 있는 것뿐인데 그의 주위로 흐름이 바뀌었다. 거대한 질량으로 주변의 모든 것들을 빨아들이는 블랙홀처럼, 부드럽게 흐르던 대기의 흐름이 일순간에 그를 중심으로 모여들었다.

통이 넓고 헐렁한 겉옷도 힘껏 부풀어 오른 그의 대근육들을 감출 수 없었다.

그가 거신상(巨神像)처럼 변하는 동안 나도 가만히 있던 것은 아니었다.

십일성 공력이 전신을 흐른다. 태양 표면의 홍염(紅焰)마냥 시뻘건 기운들이 신체의 곡선을 따라 구불구불, 춤을 추고 있다.

마검 쪽은 더 했다. 내 공력과 흥분한 녀석의 마기가 뒤섞인 기운이 검신에 반질반질한데, 거기에 집약된 어둠의 기운은 금방이라도 터져 나와 세상을 암흑으로 만들어 버릴 것 같다.

그래서 무트타르가 하늘에서 강림한 신의 전사라면, 나는 지옥불에서 기어 올라온 악마의 모습처럼 보였는지도 모른다.

악마를 죽여 달라고, 무트타르에게 힘을 빌려달라고.

기도 소리가 여기저기서 들렸다.

"가겠습니다!"

마치 알람을 맞춰 놓은 것 같았다. 우리는 동시에 대력(大力)이 담긴 힘으로 몸을 날렸다. 파동이 물결치며 주변을 먼저 때렸다.

병사들이 일제히 뒤로 밀려나던 그때, 우리가 충돌했다.

콰앙!

바로 코앞에서 수류탄 터지는 소리가 났다.

눈을 부릅뜨고 온 정신을 집중해야만 볼 수 있는 무트타르의 움직임!

고개를 들었다. 바로 직전에 그는 충돌의 여파로 밀려나고 있었는데, 어느새 그는 하늘 위에 있었을 뿐만 아니라 유성보다도 빠르게 떨어져 내리고 있었다.

그런데 그의 손에 들린 시미타는 한 자루뿐이다. 나머지한 자루는 어디에?

"흐읍!"

바람에 휘어지는 대나무와 같이 뒤로 비스듬히 몸을 눕혔다. 그러자 뭔가가 엄청난 속도로 얼굴 앞을 스치고 지나갔다.

하!

기가 막혔다.

무트타르는 처음부터 지난 패배를 설욕하고 있었다. 명왕단천공이 처리하는 연산속도보다 그의 움직임이 더 빨랐다.

한 박자 늦게 들어온 명왕단천공의 이미지들이 머릿속에서 부산하게 움직여 댔다. 바로 그 시점에서 무트타르가 떨어져 내렸다.

지독한 풍압이 먼저 나를 공격했다.

단칼에 그것을 베어내고 뒤로 한 발짝 물러났다.

무트타르가 양손으로 쥐고 있는 시미타 하나가 내가 서 있던 자리를 때렸다.

대리석 무대가 반으로 쪼개지다 못해 와르르 무너졌다. 얼마나 깊게 팼는지 바닥이 보이지 않을 정도였다. 어쩌면 지각 하부까지도 닿았을지도 모른다고 생각이 들만큼이었다.

회심의 일격이 실패했음에도 불구하고, 무트타르는 처음부터 그것이 연격(連擊)의 시작에 불과했었다는 듯 더 득달같이 몸을 던져왔다.

그러나 그때는 공격권이 내 쪽으로 넘어온 이후였다.

일회낙뢰(一回落雷)의 수법으로 마검을 그어 내렸다.

무트타르가 시미타를 들어 반사적으로 막았지만 그의 신형이 살짝 비틀거렸다.

그도 알고 있었다. 그것만으로는 내 기운의 무게를 버티지 못한다는 것을 말이다. 바로 그때쯤 어디선가 시미타 한 자루가 물 찬 제비처럼 날아와 그의 손아귀에 착 달라붙었다.

시미타 두 자루가 내 검기를 튕겨냈던 바로 그때, 나는 뒤로 제비를 돌면서 그의 턱을 향해 발을 차올렸다.

회전 반경을 따라 기운이 뻗쳤다. 반월처럼 휘어지며 허공을 갈랐다.

조금만 늦었어도 무트타르의 얼굴은 B급 호러 영화의 한 장면에서처럼, 비스듬한 절단면을 따라 얼굴 윗부분이 스르르 미끄러져 내렸을 것이다.

그러나 나도, 명왕단천공도 무트타르가 그 간단한 공격을 피하리라는 걸 잘 알고 있었다.

무트타르의 눈빛이 날카롭게 빛났다.

쉬익.

무트타르의 시미타 두 자루가 먼저 주인의 손을 떠났다. 나 또한 이기어검으로 마검을 다루면서 그쪽으로 던졌다. 그것들이 하늘 위를 날며 수차례 부딪치는 그 광경은, 시커먼 흑룡과 거대한 루프(아라비아 전설상의 괴조 怪鳥) 두 마리가 서로 엉켜서 싸우는 모습을 보는 듯했다.

소리와 기운으로 검전(劍戰)의 형세를 읽고, 눈으로는 무트타르를 쫓았다.

우리는 다시 부딪쳤다.

지난번의 실수를 만회하려는 듯, 무트타르는 무게 대신 속도에 힘을 실었다. 눈앞에서 주먹이 번쩍여 대서 그것을 막으면 바로 그 지점으로 또다시 발이 휘어지듯 들어온다.

거기에 이화접옥의 수법으로 그의 공격들을 다시 그에게 되돌려주는 방식으로 상대했다.

이를테면 이런 식이다.

무트타르의 주먹이 날아온다. 이화접옥의 수법으로 그의 주먹을 되돌려 보내면, 그는 제 고개를 비켜 제 주먹을 피한다.

권각(拳脚)의 공세 전환 속도가 점점 가속도를 받으면서부터는, 우리는 직전에서처럼 원숭이 같이 날뛰지 않고 딱 한 곳에서 뿌리를 박고 싸웠다.

무트타르를 응원하는 소리도, 날 저주하는 소리도 들리지 않은지 한참이 지났다.

팡!

무트타르의 주먹이 허공에서 파공음을 티트리면.

채앵!

하늘에서 검명이 울렸다.

내가 생각해도 우리는 미친 사람들처럼 겨뤘다.

어느새 하늘은 어둑어둑해지고 있었다. 구름이 달을 가리고 있어서 유독 다른 날보다 빠르게 어두워지고 있다고 느꼈다.

그의 주먹에 강렬한 회전이 담겼다.

그가 풍압으로 짓누르니 나 또한 열기를 방출했다.

우리는 공방을 주고받으며 점점 허공으로 떠올랐다. 마검과 시미타도 우리 주위를 따라 돌면서 서로가 서로에게 부딪쳐댔다.

"고맙소! 신의 이름으로, 그대에게 너무도 큰 빚을 졌소! 비록 승부를……."

이윽고 무트타르가 주먹을 내지르며 말했다.

그도 때가 왔음을 느끼고 있었던 것이다.

이번에는 이화접옥의 수법을 쓰지 않았다.

양팔을 가슴으로 교차시키며 접었다.

파앙!

무트타르의 주먹이 교차점을 강하게 때렸고 내 몸은 하늘을 향해 튕겨 올라갔다.

쉐에엑.

몸을 틀었다. 그러면서 허공을 밟아 원하는 방향으로 유도했다.

고개를 드는 바로 그때!

빠르게 가까워지는 칼리프의 모습이 시야 안으로 들어왔
다.

*　　　*　　　*

비록 대결 중에 벌어진 불가피한 일처럼 보일지라도, 내
가 놈을 향해 날아가고 있는데도.

놈은 텔레비전을 보는 듯이 턱을 괸 채로 가만히 있었다.

그 모습에 마음이 흔들렸다.

오늘이 라쿠아와 약속한 결정일이고 지금이야말로 결단
의 순간이다!

…… 라고 하지만 어떤 변화도 느낄 수 없었다.

만월이 돌아오는 밤이라고 해도 달은 구름에 가려 보이
지 않지, 라쿠아가 비유적인 표현으로 뿔피리를 말했겠다만
그 비슷한 징조 또한 어디에도 없었다.

조금만 더 거리가 좁혀지면 마치 아무 일 없었다는 듯이,
나디아를 만나기 직전인 그때로 돌아갈 것만 같았다.

이제 두고 보면 알겠지!

**우연이면서 필연, 필연이면서 우연으로. 네가 만월(鬱月)
을 만드는 거야.**

으드득.

라쿠아의 말을 떠올리며 이를 악물었다. 속도에 더 박차
를 가했다.

거리가 약 삼십 미터 남짓 좁혀졌을 때, 비로소 놈의 표정
에 변화가 있었다. 이마에 몇 겹의 주름살이 떠오른 것이다.

이십오 미터.

놈의 눈이 큼지막하게 떠졌다.

이십 미터.

놈이 허둥대며 소매를 뒤적거렸다.

그리고 십 미터.

놈의 손에 모래시계가 들려 있었다. 놈이 모래시계를 뒤
집었다. 모래 알맹이가 미끄러져 내린다.

나는 모래시계를 뚫어질 듯이 직시했다. 모래 알맹이가
가느다란 줄기를 이루며 위에서 아래로 떨어지기 시작했다.

그런데 아무 일도 일어나지 않는다.

여전히 날아가고 있었다.

배경도 그대로였다.

오 미터.

놈이 모래시계에서 시선을 떼며 고개를 번쩍 들었다.

"네 이노오오옴!"

놈의 입에서 비명에 가까운 외침이 터졌다.

"라쿠아를 만났구나아아!"

놈이 소리를 지르며 의자를 박찼다.

완전히 일그러진 놈의 얼굴은 악귀(惡鬼)를 연상시켰다.

그땐 이미, 마검이 바람 소리를 내며 놈을 향해 떨어지고 있었다.

놈이 반사적으로 오른팔을 들어 얼굴을 막았다.

핏!

바로 코앞에서 터진 핏물이 내 눈가로 튀겼다.

＊　　＊　　＊

피멍이 든 것 같기도 하고 곰팡이가 진 것 같기도 했다. 자반으로 얼룩덜룩한 얇은 팔 하나가 허공으로 살짝 떠올랐다가 바닥으로 뚝 떨어졌다. 그것이 내 발끝으로 도르르 굴러 와 멈췄다.

놈은 잘려진 제 팔 부위를 바라보고 있었다. 그런 놈의 입꼬리가 살짝 치켜 올라갔다.

그것도 잠시.

놈의 입에서 돼지 같은 비명이 터져 나왔다.

"크아아악!"

놈이 잘려진 팔을 아무렇게 휘저으며 사방에 피를 뿌려 대기 시작했다.

검을 다시 치켜들었다. 마무리를 짓기 위해서였다.

그러던 그때, 놈 앞으로 푸르스름한 빛이 번졌다. 하나였던 것이 눈 깜짝할 사이에 밤하늘의 별처럼 이곳저곳에서 무수히 나타나 빛을 뿜어 댔다.

놈은 갑자기 나타난 빛무리와는 상관없이 여전히 피를 뿌려 대면서 비명을 질러 대는 중이었다.

마무리를 짓는다! 흑천마검도 놈의 피를 갈구하고 있었다.

쉐엑.

서남(西南)에서 동북(東北) 방향으로 비스듬하게 검을 쓸어 올렸다.

늙은 황제의 장기가 절단면 밖으로 줄줄 흘러나오는 광경을 볼 거라 생각했다.

그런데 검이 놈의 몸에 닿으려던 찰나, 어느새 인간의 형체를 갖춘 푸른 기운들이 놈의 앞을 가로막는 것이 아닌가?

지난 합일 때 상대해 본 적이 있던 영적 존재다. 라쿠아는 이것들을 이프리트(ifrit)라고 불렀다. 이프리트 둘이 반으로 쪼개지면서, 그 너머로 샤라프 암살단이 놈을 에워싸는 광경이 보였다.

그래, 차라리 잘 되었다.

고통도 모른 채 비명횡사 하는 것보단 놈이 교도들에게 했던 패악만큼, 충분한 고통을 선사하는 게 옳지 않은가!

파티는 지금부터다. 놈!

"크크큭."

내 웃음소리인지, 흑천마검의 웃음소리인지 분간이 되지 않는 괴이한 웃음소리가 내 입술 사이로 새어 나왔다.

하늘 위에도 이프리트들이 속속 나타났다. 어느새 그 수가 이백을 넘어 서고 있었다.

샤라프 암살단과 함께 단상에서 뛰어내리는 놈의 뒷모습을 보며 생각했다.

온전한 정신으로 놈의 최후를 보고 싶다! 어느 순간부터 합일체에는 내 정신보다 흑천마검의 정신이 더 많이 반영되고 있었다.

"마지막만큼은 내 손으로…… 교도들의 한(恨)을……."

아드득.

그래서 합일을 하기 보다는 이프리트들을 흑천마검에게 맡기는 방법을 택했다.

흑천마검이 내 손을 떠난 그 시점에서, 벌써부터 한기(寒氣)가 머무른 긴 머리카락이 내 얼굴을 스치고 지나갔다. 인간형으로 변한 흑천마검이 이프리트 둘의 가슴에 양손을 집어넣은 채 나를 돌아보았다.

놈의 표정이 무시무시하다.

"네 몫도 남겨 놓겠다."

내가 말하기 무섭게, 이프리트들이 벌떼처럼 흑천마검에게 달라붙었다.

거기에는 푸른빛 무리만 일렁거리고, 흑천마검은 파묻혀 더 이상 보이지 않았다.

도망치는 놈을 쫓아 몸을 던졌다.

샤라프 암살단과 놈은 도열해 있던 예니체리 부대 속으로 뛰어내렸다.

놈들이 착지하자마자 예니체리 부대원들이 짧은 곡도(曲刀)를 치켜 올리며 나를 가리켰다. 예리체리의 아미르이 그가 할 수 있는 가장 큰 목소리로 외쳤다.

"습격자다! 저자를 죽여라!"

그러자 무대 사방에 위치해 있던 살라딘들의 정예병들이 움직였다.

최소 일천이 넘는 군사 조직 여러 개가 사방에서 질서 있게 움직이면서 거리를 좁혀 오는 그 모습은 흡사 거대한 물결을 보는 듯했다.

"습격자를 잡아라!"

익숙한 목소리, 살라딘 나샤마의 목소리였다. 그 명령에

나샤마의 병사들이 다른 군사 조직들보다 빠른 움직임을
보이기 시작했다.

불현듯 갑자기 어디선가 튀어나온 사내 한 명이 있었다.
그가 나샤마 병사들의 머리를 밟으며 나샤마를 향해 쇄도해
들어갔다.

거대한 시미타 두 개가 그의 양손에 하나씩 쥐어져 있었
다.

무트타르였다. 무트타르가 질풍 같은 속도로 날아가 두
시미타를 힘껏 젖히니, 나샤마가 독무(毒霧)를 뿌리며 뒤로
달아났다.

"너희들은 미스르(이집트)에서 온 자들을 막아라!"

무트타르가 제 병사들에게 외쳤다. 나를 향해 오던 무트
타르의 병사들이 나샤마의 병사들 쪽으로 방향을 꺾었다.

"뭐하는 짓이냐! 무트타르! 칼리프를 습격한 자를 비호하
다니!"

이번에는 자하라였다.

자하라가 그녀의 정예병들 사이에서 솟구치며 나타났다.

"그대들도 나와 겨뤄 봐야 하지 않겠소!"

무트타르의 목소리가 터진 그 순간, 무트타르의 시미타
하나가 주인을 떠나 자하라를 향해 크게 날아갔다.

나샤마가 제 언니의 목소리를 듣고 도주하던 방향을 선

회(旋回)했다.

그렇다고 무트타르가 홀로 살라딘 둘을 상대하게 된 건
아니었다. 마찬가지로 어디선가 튀어나온 슐레이만이 살라
딘들의 싸움에 합류했다. 한편, 슐레이만의 자식들은 병사
들을 지휘하며 자하라의 병사들을 향해 달려가고 있었다.

상공에서는 흑천마검 대 이프리트들.

지상에서는 자하라와 나샤마 대 무트타르와 슐레이만.

전황(戰況)이 빠르게 돌아갔다.

바로 그 시점에서 나도 칼리프가 떨어졌던 지점으로 착지
했다.

"죽어라앗!"

지면을 밟아 서기도 전에 예니체리들이 제집에서 튀어나
온 말벌들처럼 달려들었다.

시야 안에는 예니체리들로 가득했다. 칼리프가 보일 리
만무하지만, 놈이 도주하던 그때부터 놈의 원기에 집중하고
있었다.

놈이 점점 멀어지고 있다.

발목을 꺾어 몸을 회전시켰다.

휘리릭.

예니체리들이 달려들다가 튕겨 날아가던 바로 그때, 단전
에서 치솟은 열기가 주먹 밖으로 토해졌다.

대련장이 아닌 전장이기에 손에 사정을 두지 않았다.

일자로 뻗어진 철권(鐵拳)!

거기에서 터져 나온 강기(剛氣)!

강기는 철로에 놓인 석벽들을 모조리 부서트리며 질주하는 폭주 기관차와 같았다. 강기가 꿰뚫고 지나간 자리 뒤로 크게는 몸통 전체, 작게는 팔과 다리가 날아간 예니체리들이 나뒹굴었다.

정면으로 길이 완전히 뚫렸다. 저 멀리 샤라프 암살단원의 등에 업히고 있는 칼리프가 보였다.

그런데 양팔이 없다. 팔 하나는 직전에 잘려 나갔다 쳐도, 남아 있어야 할 반대쪽 팔마저도 이번에 잃어버린 모양이었다.

나는 예니체리들이 길을 채우기 전에 몸을 던졌다. 거대한 쇠구슬이 관통하고 지나간 듯한 처참한 시신들이 펼쳐졌다.

칼리프에게 가까워질 무렵, 옆에서 기습적으로 치고 들어오는 공격들이 있었지만 나를 막기엔 역부족이었다.

"어딜 그렇게 도망치느냐!"

일만 명이나 운집해 있는 적진 정중앙에서 싸울 마음은 처음부터 없었다.

나를 막아선 두 명의 암살단원을 향해 수도를 그었다.

손날 끝으로 목뼈가 걸리는 느낌이 연달아 두 번 들렸다.

빠르게 둘의 목을 가른 직후, 칼리프의 목을 낚아채서 허공으로 떠올랐다.

암살단원과 예니체리들이 전력을 다해 쫓아오기 시작했다.

그러나 내 경공술에 한참을 못 미쳤다.

허공답보(虛空踏步).

계단을 밟는 것처럼 허공을 밟고 밟으며 군중들이 밀집해 있던 언덕까지 올라왔다. 언덕 위에 운집해 있던 군중들이 비명을 지르며 뿔뿔이 흩어졌다.

군중들의 발자국만 남은 황량한 지면 위.

거기에 칼리프를 쓰레기통에 상한 음식을 처 박듯이 던졌다.

"크…… 흐…… 흐…… 네깟 놈이…… 감히……."

칼리프가 양팔이 잘린 몸을 지면에 비비적거렸다. 그러면서 실성한 놈처럼 웃는다.

"그간 수없이 반복된 시간 속에서. 네놈은 얼마나 많은 교도들의 목숨을 앗아 갔던가! 이제 고작 해야 팔을 두 개 잃었을 뿐이다."

놈의 오른발, 정확히는 무릎을 있는 힘껏 밟았다.

"아악!"

놈이 불에 구워지는 개구리처럼 고통에 온몸을 비비 꼬았다.

"네놈이 누굴 건드렸는지 아느냐."

남은 마지막 무릎마저도 밟았다.

와직!

놈의 발은 꺾이다 못해, 인간의 온전한 관절 구조로는 가능치 않은 모습으로 비틀어졌다.

지금쯤이면 예니체리와 놈의 비밀 조직들이 내 뒤를 따라붙었을 텐데 이상하리만큼 조용했다. 고개를 돌리기도 전에 피비린내가 먼저 바람에 실려 왔다.

흑천마검이 언덕 아래, 시신들로 가득한 땅 중앙에 서 있었다.

녀석이 나와 눈이 마주치자마자 몸을 날려 왔다.

녀석은 피가 뚝뚝 떨어지는 긴 머리칼을 뒤로 젖히며 칼리프를 내려다봤다.

그것뿐, 아무 말 없었다. 웃지도 않았다. 그래서 더 오싹한 시선이 한참 동안 칼리프의 얼굴 쪽으로 머물러 있었다.

칼리프는 무슨 말을 그리도 하고 싶은지 입술을 달싹거렸다. 그러나 입 안에 들어찬 죽은 핏물들로 그르륵거리는 소리만 날 뿐이었다.

놈은 이대로 가만히 놔둬도 죽을 수밖에 없는 상태였다.

흑천마검도 나도 그것을 원치 않았다. 우리가 직접 목숨을 거둔다!

어느새 검의 형태로 돌아온 흑천마검을 움켜쥐고 한 발작 앞으로 내디뎠다.

"참으로 비참한 최후구나. 놈! 하지만."

흑천마검 검신 전체가 부르르 떨렸다.

"이것이 끝이 아니다! 핏물 하나 남겨 줄 것 같으냐아아!"

놈의 심장을 향해!

푸욱!

일순간 나는 흑천마검이 큰 입을 벌려 놈을 삼키는 환영을 본 것 같았다.

흑천마검으로 놈을 심장을 찌른 다음에 검 자루를 더 강하게 움켜쥐었다.

그 옛날 벽력혈장 때 그러했던 것처럼, 검 전체가 힘 있게 떨렸다.

놈의 선천원기(先天元氣) 뿐만 아니라 주변에 미세하게 퍼지고 있던 호흡까지도 흑천마검으로 빨려 들어오기 시작했다. 살아 있는 인간이라면 누구나 지니고 있어야 할 놈의 원기가 줄어들수록, 흑천마검의 검신을 타고 흐르는 어둠의 기운이 점점 더 짙어졌다.

어느새 놈은 근육과 지방을 잃고 거죽만 남았다. 본래부터 주름과 자반으로 잔뜩 노쇠해 있던 놈의 피부가 앙상한 뼈에 딱 달라붙었다.

놈은 미라처럼 변했다. 놈에게 남은 것이라곤 쓸모없는 낡은 거죽과 뼈 뿐.

살도, 장기도, 핏물도 하나 남은 게 없었다.

그때였다.

바람이 내 몸에 부딪쳐 내 머리칼과 의복을 펄럭였다. 놈의 거죽에도 닿았다. 피로 젖은 늙은 황제의 예복 안에서 빛나는 뭔가가 바람에 실려 나왔다. 나는 놈의 예복 안으로 손을 뻗어 그것을 움켜쥐고 꺼냈다.

"……!"

그건 모래시계였다.

휘이잉.

우연인지 필연인지, 바람이 세차게 불었다. 군데군데 깨져 있던 유리 안에서 모래 알맹이가 쏟아져 나오며 내 몸에 부딪쳐 댔다.

얼굴 쪽으로도 부산히 날아왔다.

황금빛을 담은 모래 알맹이 하나하나가 내 얼굴을 스치며 사라지기 시작했을 때, 구름 밖으로 서서히 드러나는 만월이 보였다. 그리고 또 불어오는 바람 소리는 뿔피리 소리와 흡사했다.

왠지 모르게 눈이 감겨 왔다. 그 순간 라쿠아와 처음 만
난 날, 그녀가 내게 던진 질문이 떠올랐다.

'언제로 돌아가고 싶어?'

지금도 내 대답은 변함이 없다.
내 연인이 살아 있던 그때, 모든 것이 건재했던 바로 그때
로……

〈다음 권에 계속〉